Wie weit wirst du geh'n?

Anna Feldmann

novum pro

Bibliografische Information
der Deutschen Nationalbibliothek:

Die Deutsche Nationalbibliothek
verzeichnet diese Publikation in
der Deutschen Nationalbibliografie.
Detaillierte bibliografische Daten
sind im Internet über
http://www.d-nb.de abrufbar.

© 2016 novum Verlag

ISBN 978-3-99048-443-2
Lektorat: Isabella Busch
Umschlagfoto: Anna Feldmann
Umschlaggestaltung, Layout & Satz:
novum Verlag

Gedruckt in der Europäischen Union
auf umweltfreundlichem, chlor- und
säurefrei gebleichtem Papier.

www.novumverlag.com

1

„Tschüss", rief ich über die Schulter, schnappte mir noch einen Blaubeermuffin und zog die alte Holztür hinter mir ins Schloss. Das Sonnenlicht blendete mich, als ich aus dem Schatten des Lofts trat. Ich schloss meine Augen und hielt mein Gesicht in die Sonne. Endlich Frühling. Und mit dem Winter war nun auch endgültig der Albtraum vorbei. Mit einem Lächeln auf den Lippen überquerte ich die Straße, wich einigen hupenden Autos aus und steuerte das „Cupcake" an, ein kleines Café, in dem Lilja und ich uns jeden Morgen trafen, seit wir aufs Gymnasium gingen.

Wie immer war ich die Erste, denn meine beste Freundin kam konsequent mindestens fünf Minuten zu spät. „Zweimal Latte Macchiato mit Vanillearoma?", fragte Jana die fröhliche, leicht rundliche Besitzerin des Cafés. Sie gab mir das Gefühl, als hätten zwischen meinem letzten Besuch und heute nicht zwei Monate gelegen, und ich war dankbar dafür. Ich nickte und setzte mich auf einen der Barhocker. Nachdem ich meinen Latte Macchiato zur Hälfte ausgetrunken und mit Jana über Gott und die Welt gequatscht hatte, läutete die Türglocke und Lilja wirbelte mit zerzausten Haaren und offenen Schnürsenkeln ins Café. Sie küsste mich zur Begrüßung auf beide Wangen, wünschte Jana einen guten Morgen und griff nach ihrem Latte. Gemeinsam verließen wir das Café und machten uns auf den Weg zur Schule. Seit ich denken konnte waren Lilja und ich beste Freundinnen. Sie war zwar unpünktlich und schusselig ohne Ende, aber ich wusste, dass ich mich auf niemanden mehr verlassen konnte als auf meine hübsche blonde Seelenschwester. Genau wie ich umgekehrt alles für sie tat. „Weißt du schon, was du heute Abend anziehst?", fragte Lilja, während wir die Straße entlangschlenderten. Heute Abend fand die angesagteste Gartenparty des Jahres bei Gereon, einem der heißesten Typen der Schule, statt. In Anbetracht der Tatsache, dass alle über mich reden würden, hatte ich eigentlich zu nichts weniger Lust, aber ich war froh, dass meine alten Freunde mich größtenteils unproblematisch wieder aufgenommen hatten, also konnte ich auf keinen Fall absagen. „Mhm, vielleicht das süße weiße Cocktailkleid mit der Spitze, das ich mir letztes Jahr im Sommerschlussverkauf gekauft habe“, überlegte ich. „Oder den Rock, den wir in Italien gekauft haben.“ „Nimm das Kleid“, entschied Lilja. „Mir ist schon wieder alles zu klein geworden“, jammerte sie gleich darauf. Ich lachte. Obwohl wir mittlerweile 17 waren, hatte Lilja noch immer nicht aufgehört zu wachsen. Sehr zu ihrem Leidwesen, da sie bereits 1,80 Meter groß war. „Freu dich doch, Lil“, sagte ich. „Ich sehe aus wie eine Giraffe“, stöhnte sie. Das war gelogen und Lilja wusste das genau. Mit ihren langen Beinen und den großen blauen Augen könnte man sie locker für ein Model halten. „Was soll ich denn sagen?“, empörte ich mich gekünstelt. „Schließlich sehe ich aus wie ein Zwerg.“ „Ich wäre gerne nur 1,65 Meter“, blieb Lilja stur.

Pünktlich mit dem ersten Gong erreichten wir das Schulgelände. Ich schlürfte den letzten Schluck Kaffee aus meinem Plastikbecher und warf ihn im Vorbeigehen in einen Mülleimer. Vor dem alten Backsteingebäude trennten wir uns. Lilja hatte in der ersten Stunde Mathe. Ich schloss die Augen, atmete noch einmal tief durch und machte mich auf den Weg zu Geschichte.

Nachdem er sich eine halbe Stunde lang die Beine in den Bauch gestanden hatte, verließ endlich ein Mädchen das Loft. Sie hielt ihr Gesicht in die Sonne und ein Lächeln breitete sich auf ihrem Gesicht aus. Er zog das Foto aus der Tasche. Das darauf abgebildete Mädchen stimmte mit dem, das nun die Straße überquerte, überein, darin bestand kein Zweifel. Hübsch sah sie aus, mit ihren langen braun-blond- gesträhnten Haaren, die zu einem unordentlichen Pferdeschwanz hochgebunden waren, der bei

jedem ihrer schwungvollen Schritte auf und ab wippte. Auch
er überquerte die Straßen und beobachtete, wie sie ein kleines
Café betrat. Einige Minuten später verließ sie es mit einem Latte
Macchiato in der Hand und einem blonden Mädchen an ihrer
Seite. In gebührendem Abstand folgte er den beiden Mädchen,
die quatschend und lachend den Bürgersteig entlangschlenderten.
Jede ihrer Gesten und Bewegungen prägte er sich genauestens
ein, analysierte sie. Es ging ganz von alleine, schließlich war er im
Observieren kein Anfänger. Die beiden Mädchen verkörperten das
typische hübsche it-girl-Duo, das es an jeder Schule gab. Hübsch,
unzertrennlich und wahrscheinlich genauso beliebt wie beneidet.
Vor dem Lessing-Gymnasium verabschiedeten sie sich lachend
voneinander und betraten das alte Backsteingebäude durch unter-
schiedliche Eingänge. Das Lachen wird dir noch schnell genug
vergehen, Florina O'Dell. Endlich hatte er eine Spur und fast be-
dauerte er ihren sicheren Untergang. Ärgerlich wischte er dieses
Gefühl beiseite. Schließlich war er kein Anfänger.

„Kommst du heute Abend auch zu Gereons Party, Flori?", rief Mia
mir quer über den Schulhof zu. „Klar", antwortete ich, „du auch?"
Das Mädchen mit den kinnlangen dunkelbraunen Haaren nickte
mit leuchtenden Wangen. „Er hat mich gerade gefragt", berichtete
sie. „Hoffentlich erlauben meine Eltern, dass ich hingehe." „Ach
bestimmt, Mia", beruhigte ich sie. „Es ist schließlich eine Gartenparty, sogar seine Eltern sind da." Mia gehörte nicht wirklich in
die Gruppe der beliebten Mädchen, aber sie war lieb und ich hatte
mich schon am Anfang der Fünften mit ihr angefreundet. Nicht so
eng wie mit Lilja, aber wir verstanden uns noch immer gut. Auch,
dass sie sich heute sofort neben mich gesetzt hatte, rechnete ich ihr
hoch an. Mia und ich unterhielten uns noch ein wenig über die
Party, während ich auf Lilja wartete, die mal wieder zu spät kam.
   Die Hälfte ihrer Bücher noch unter den Arm geklemmt, kam
sie schließlich in unsere Richtung. Ich verabschiedete mich von
Mia und hakte mich bei Lilja unter. „Hast du schon gehört, dass

Marius und Lena sich getrennt haben?", fragte sie mich aufgeregt. Egal worum es ging, Lilja war immer die Erste, die Bescheid wusste. „Vernünftig von ihr", lautete meine Einschätzung dazu. Marius war ein ekelhafter Typ. „Ich hab eh nicht verstanden, was die von dem wollte", fügte ich hinzu. „Wir sind mal wieder einer Meinung", sagte Lilja. „Wir sehen uns heute Abend." Ich umarmte Lilja zum Abschied und stieß die Tür zum Loft auf.

Zu Hause angekommen, ließ ich mich erst einmal völlig fertig auf mein Bett fallen. Der erste Schultag war doch heftiger als erwartet gewesen. Gaffende Blicke und Getratsche, wo man nur hinguckte. Wenigstens meine Clique hatte mich nicht fallen gelassen, dachte ich. Findus, mein kleiner Kater, tapste auf mich zu und begann wohlig zu schnurren, als ich meinen Kopf in seinem Fell vergrub. Was die anderen dachten, brauchte mich ja nicht zu interessieren. Doch in meinem Inneren wusste ich, dass es nicht das Gerede war, das mir zu schaffen machte, sondern meine eigenen Schuldgefühle.

Auch wenn sie alles tat, um es zu verbergen, sah er Florina die Last an, die sie mit sich herumschleppte. Als ihre Freundin sich vor dem Loft umgedreht hatte, war sie regelrecht in sich zusammengesackt.

Das Mädchen mit den kurzen dunkelbraunen Haaren war Gold wert gewesen. Ihretwegen und ihrer Vorliebe, über dermaßen große Distanzen hinweg zu schreien, wusste er nun, wo Florina sich heute Abend aufhalten würde. Alles, was er noch brauchte, war Gereons Adresse.

Meine Befürchtungen in Bezug auf die Party waren ziemlich unbegründet gewesen. Die Anwesenden waren größtenteils Freunde von mir und die anderen hielten sich zurück, weil sie das genau wussten. Ich nahm ein Glas Sekt und steuerte eine um einen Stehtisch versammelte Gruppe an, bei der auch Lilja stand. „Heißes

Kleid, O'Dell", ließ Jack verlauten, der von seinen Äußerungen auf dem Niveau der achten Klasse stehen geblieben, im Grunde aber ein netter Kerl war. Ich sparte mir einen Kommentar dazu und lächelte in die Runde. „Die Deko ist wieder unübertroffen", stellte Lea fest. Ich konnte ihr nur zustimmen. Stilvolle Lampions hingen in den Bäumen, auf dem an das riesige Grundstück angrenzenden See schwammen Windlichter, die in der leicht einsetzenden Dämmerung leuchteten, und die Stehtische waren mit geschmackvollen zarten Blumengeflechten dekoriert. Auf der großen freien Rasenfläche begannen einige Leute zu tanzen und am Ufer des Sees stand ein eng umschlungenes Pärchen. Ich schloss die Augen und wiegte mich leicht im Rhythmus der Musik. Das alles hatte mir in den vergangenen zwei Monaten gefehlt. Dies hier war meine Welt. Nur die Unbeschwertheit, die ich früher verspürt hatte, wollte sich nicht einstellen.

„Nicht einschlafen, Flori!", sagte Lilja und stieß mich scherzhaft in die Seite. Ertappt zuckte ich zusammen und beeilte mich, wieder dem Gespräch zu folgen. Lea und Mia diskutierten mit Philip darüber, welche der Universitäten, für die sie sich eingeschrieben hatten, die beste Wahl war. Ich würde wohl kaum die Wahl haben. Lilja merkte, dass das Thema mich traurig machte, und zog mich Richtung Tanzfläche. Wir begannen zu tanzen und nach einiger Zeit merkte ich, wie ich mich langsam entspannte. Zum ersten Mal nach langer Zeit hatte ich einfach Spaß.

Als mir schließlich endgültig die Puste ausging, entschuldigte ich mich bei Lil, Mia, Lea und Jack, die mittlerweile zu uns gestoßen waren, nahm mir noch ein Glas Sekt und steuerte einen ruhigen Platz unter einer Linde am Flussufer an und genoss die gemütliche Atmosphäre in vollen Zügen. Ich war so vertieft in das Geschehen, dass ich den Jungen, der den Kopf lässig in der Hand abgestützt auf einem umgestürzten Baumstamm saß, erst nach ein paar Minuten wahrnahm. Als er meinen Blick bemerkte, verzog sich sein Gesicht zu einem schiefen Lächeln.

Sich auf die Party zu schmuggeln war leichter gewesen, als er erwartet hatte. Das Grundstück war weitläufig, sodass er den vorgesehenen Eingang nicht benutzen musste. Und sobald er erst einmal auf dem Grundstück war, fiel er gar nicht auf, zumal er sich überwiegend im Schatten der Bäume am See aufgehalten hatte. Sie war auf die Party gekommen, kaum dass er sich einen Überblick verschafft und einen geeigneten Platz gefunden hatte, von dem er einen Großteil des Grundstückes überblicken konnte. Sie trug ein kurzes cremefarbenes Cocktailkleid mit Spitze. Ihre langen Haare flossen in einer sanften Welle ihren Rücken hinab und umspielten ihre Schultern. Unter anderen Umständen hätte er sie anziehend gefunden. Vielleicht hätte er sie angesprochen, nur um aus der Nähe zu sehen, wie sie ihre Haare zurückstrich und ihre Worte mit lebhaften Gesten untermalte. So jedoch hielt er sich in sicherer Entfernung auf, beobachte sie und ihre Freunde. Er rief sich in Erinnerung, was dieses Mädchen getan hatte und spürte erleichtert, wie die Zuneigung, die er gegen seinen Willen bei ihrem Anblick empfand, wieder in den vertrauten Hass umschlug. Er musste Abstand wahren, und dass ihm das so schwerfiel, war er nicht gewohnt, es machte ihm Angst.

Die Zeit verstrich und er merkte, wie er langsam schläfrig wurde. Um nicht einzunicken, lief er ein paar Schritte das Ufer entlang. Schließlich ließ er sich auf einem umgestürzten Baumstamm nieder und suchte das Gelände nach Florina ab. Vorhin war sie noch mit einigen anderen auf der Tanzfläche gewesen. Er hätte sich ohrfeigen können dafür, dass er sie aus den Augen verloren hatte. Systematisch durchkämmte er die Tanzfläche mit seinem Blick, konnte aber nur Lilja und die anderen finden. Als er Schritte hörte, die am Ufer entlangliefen, hob er den Kopf. Und begegnete dem Blick von Florina O'Dell.

2

„Hi", sagte der Junge und rutschte ein Stück auf dem Baumstamm zur Seite, sodass ich mich neben ihn setzen konnte. „Hey", erwiderte ich und lächelte. Der Junge sah gut aus, darum verwunderte es mich umso mehr, dass ich ihn nicht kannte. Andererseits hatte ich in den vergangenen zwei Monaten fast gar nichts mitgekriegt, also war es wahrscheinlich gar nicht so verwunderlich. „Keine Lust mehr zu tanzen?", fragte der Junge. „Ich brauch 'ne kurze Pause", erklärte ich, „und du?" „Ich gucke lieber den anderen beim Tanzen zu, als mich selbst lächerlich zu machen", sagte der Junge und lachte. Ich stimmte mit ein, glaubte ihm aber keine Sekunde, dass er nicht tanzen konnte. Er hatte eine athletische Figur und jede Menge Muskeln, aber nicht die Art von übertriebenen, aufgepumpten Muskeln, die ich nicht ausstehen konnte. „Sorry, ich weiß noch gar nicht, wie du heißt", fiel mir da auf. „Mika", antwortete der Junge, „und du?" Ich war etwas verwirrt darüber, dass er meinen Namen nicht kannte, aber gleichzeitig war es auch schön, mal wieder jemanden kennenzulernen, der sich nicht schon ein auf Gerüchten basierendes Urteil gebildet hatte. „Florina", beeilte ich mich zu sagen, als mir bewusst wurde, dass Mika mich abwartend anschaute. „Also Florina, warum kommst du auf einer Party, wo du offensichtlich tausend Freunde hast, auf die Idee, dich auf einen halb vermoderten Baumstamm zu setzen und dich mit einem Fremden zu unterhalten?" In diesem Moment hatte ich das Gefühl, er könne mit seinen ausdrucksstarken blauen Augen direkt in meine Seele gucken. Ich erschrak vor der Intensität seines Blickes, doch gleichzeitig war er unglaublich anziehend. Plötzlich überkam mich das Bedürfnis, ihm alles zu erzählen. „Ich, ich brauchte 'n bisschen Zeit zum Nachdenken. Die letzte Zeit war nicht so leicht für mich." Indem er mir signalisierte, dass er zuhörte, forderte Mika mich auf, weiterzureden. „Weißt du …" „Hier steckst du also, Flori!", rief da plötzlich Lilja. „Ich hab dich schon gesucht." Ich fuhr zusammen und brauchte einen Moment, bis ich mich gesammelt hatte. Rasch stand ich auf. Plötzlich fühlte ich mich hundeelend. Mit den Fingern massierte ich meine Schläfen. „Ich glaube, ich möchte nach Hause, Lil", murmelte ich. Ihr Blick war eine Spur zu verständnisvoll, und als sie mich, betroffen schweigend zum Ausgang begleitete, fühlte ich mich fast schuldig, weil ich ihr das schlechte Gewissen ansah. Sie hatte das Gefühl, dass sie über ihren eigenen Spaß an der Party keine Rücksicht auf mich genommen hatte. Aber wie sollte ich erklären, dass ich im Begriff gewesen war, das Tabuthema, etwas über das selbst wir beide nie geredet hatten, einem völlig fremden, dahergelaufenen Jungen anzuvertrauen. Ich verstand mich ja selbst nicht.

Erst als ich in meiner Tasche kramte, um dem Taxifahrer Geld zu geben, bemerkte ich den Zettel. **Mika** stand drauf und eine Handynummer.

Er verfluchte ihre Freundin dafür, sie unterbrochen zu haben. Sich mit Florina zu unterhalten hatte er zwar ursprünglich nicht vorgehabt, aber es machte die ganze Sache um einiges interessanter. Sie hatte ihn attraktiv gefunden, das hatte er gemerkt. Genauso wie er sich sicher war, dass sie sich dessen bewusst war, dass er sie heiß fand und jeder Junge gerne mit ihr am See gesessen hätte. Es war nicht so, dass sie eingebildet oder arrogant gewesen war, im Gegenteil. Es war mehr eine Art Strahlen, das sie umgab. Ein selbstbewusstes Leuchten, das sie noch attraktiver machte. Es war in dem Moment zusammengefallen, als ihr bewusst geworden war, dass sie dabei gewesen war, einem Wildfremden ihre dunkelste Vergangenheit anzuvertrauen. In diesem Augenblick hätte er sie gerne in die Arme genommen, ihr über den Kopf gestrichen wie einem kleinen Kind und ihr gesagt, dass alles gut werden würde. Jetzt, wo er alleine in seinem Bett lag, und den Abend Revue passieren ließ, verachtete er sich selbst für seine Sentimentalität. Es war nur gerecht, dass sie unter ihrem schlechten Gewissen litt. Er war stolz auf den Einfall, ihr den Zettel in die Tasche gesteckt zu haben. Wenn er sich nicht total verkalkulierte, und das tat er für gewöhnlich nicht, schließlich hatte er einige Erfahrung mit Mädchen, dann würde sie sich bald bei ihm melden. Es hatte ihr gefallen, mit ihm zu reden, das hatte er gespürt. Auch die Tatsache, dass er so getan hatte, als wüsste er ihren Namen nicht, war ein cleverer Schachzug gewesen. Sie hatte sich sicher gefühlt und davon würde er schon sehr bald profitieren. Er hatte seine Rolle gut gespielt. So gut, dass sogar sein Herz den Abend für echt gehalten hatte.

Lilja lag in ihrem Bett und schaute in den Sternenhimmel, den sie durch das Fenster in der Schräge ihres Zimmers sehen konnte. Sie konnte nicht schlafen, wie so oft in letzter Zeit. Manchmal lag sie ganze Nächte lang schlaflos und mit pochenden Kopfschmerzen in ihrem Bett und wartete auf den nächsten Morgen. Früher hatte sie überall und jederzeit wie ein Stein schlafen können, doch diese Nacht, an die ihr jegliche Erinnerung fehlte, hatte ihr diese Fähigkeit genommen. Sie erinnerte sich nur noch, dass Florina und sie gemeinsam mit Marika, Liljas großer Schwester, gut gelaunt ins „Moonlight", die Disco der Nachbarstadt aufgebrochen waren. Im Auto hatten sie laut Musik gehört und Lilja und Florina hatten die Texte ebenso laut wie schief mitgegrölt, sodass Marika schon im Spaß angedroht hatte, sie rauszuschmeißen. In der Disco war Marika zu ihren Freundinnen gegangen und Lilja und Florina hatten ein wenig mit dem Barkeeper geplaudert, gelacht getanzt, Spaß gehabt. Dann endeten Liljas Erinnerungen plötzlich. Jedes Mal, wenn sie versuchte, sich daran zu erinnern, was passiert war, nachdem sie die Disco verlassen hatten, durchzuckte ein heftiger Schmerz ihren Kopf und ihr wurde schwarz vor Augen. Sooft

Lilja es auch versuchte, die Erinnerungen waren wie ausgelöscht und sie wurde das Gefühl nicht los, dass es wichtig war sich zu erinnern, dass in dieser Nacht nicht alles so gelaufen war, wie es nach außen hin wirkte.

Ich lag im Bett und konnte nicht schlafen. Manchmal lag ich nächtelang wach und fragte mich, ob mein Handeln in jener Nacht richtig gewesen war. Zum tausendsten Mal wünschte ich, Lilja und ich hätten uns einfach einen gemütlichen Mädelsabend gemacht, statt feiern zu gehen. Ich wünschte mir, wir hätten uns in der Disco wieder mit Marika getroffen, statt am Auto. Ich wünschte, wir hätten Julies Leben nicht zerstört. Eine Träne rollte meine Wange hinunter. Ärgerlich wischte ich sie weg. Plötzlich brach ich in hemmungsloses Schluchzen aus. Die Tränen, die ich so lange zurückgehalten hatte, flossen nun in Strömen. Mit zitternden Fingern tippte ich Mikas Nummer in mein Handy ein. Ich brauchte jetzt jemanden zum Reden. Jemanden, der mich nicht mit Samthandschuhen anpackte wie meine Eltern. Nach dem zweiten Klingeln nahm er ab und meldete sich mit verschlafener Stimme. Am liebsten hätte ich sofort wieder aufgelegt. Was zum Teufel hatte mich dazu gebracht, mitten in der Nacht einen Jungen anzurufen, mit dem ich gerade mal drei Worte gewechselt hatte. „Florina, bist du das?", fragte Mika. „Alles okay?" „Ich … ja, ach ich kann nicht schlafen und dann dachte ich … Ach egal, vergiss es einfach, tut mir leid, dass ich dich geweckt habe." „Warte", fiel Mika mir ins Wort. „Wollen wir uns in zehn Minuten an der Felsbucht am See treffen?" Die Felsbucht lag an der gegenüberliegenden Seite des Sees, der an das Grundstück von Gereons Familie grenzte. Im Sommer chillten Lilja und ich dort oft mit der Clique und gingen schwimmen. „Ist gut", sagte ich und lächelte.

Er zog sich einen Kapuzenpulli über, schlüpfte in die Diesel Jeans, die noch über dem Stuhl lag, und achtete darauf, Steven nicht zu wecken. Seit ihrem Gespräch heute Nachmittag hatte er es vermieden, ihm zu begegnen. Ihm war bewusst gewesen, dass Steven seine Informationen nutzen würde, um Florina wehzutun, aber der Hass, der in seinen Augen aufgeglommen war, als sie über Florina gesprochen hatten, war selbst für Steven mit seiner niedrigen Aggressionsschwelle erschreckend intensiv gewesen. „Wir werden sie Schritt für Schritt vernichten", hatte er gesagt und Mika für seine Weichheit verspottet, als er dessen Gesichtsausdruck bemerkt hatte. Mika hatte sich hundeelend gefühlt. Stevens Verachtung hatte ihn tief getroffen, schließlich war Steven der einzige Mensch auf der Welt, der sich noch für ihn interessierte. Abgesehen vielleicht noch von Julie, die war auch meistens ganz nett gewesen, lag aber jetzt schließlich dank Florina auf der Intensivstation. Um Steven zu beweisen, dass er keinesfalls ein Weichei war, versprach er, weitere Informationen zu beschaffen und Florina besser kennenzulernen, damit ihre Vernichtung perfekt würde. Trotzdem hatte er erreicht, dass Steven ihn nun nicht mehr in seine Pläne einweihen würde, aus Angst er würde sie sabotieren. Er war wütend auf sich selbst. Um seine Aggressionen abzubauen trat er nach dem Stuhlbein, so fest, dass der ganze Stuhl polternd zu Boden ging. Erschrocken lauschte er, doch Steven schien nichts gehört zu haben. Mika klaubte seinen Schlüsselbund vom Tisch und verließ ohne Licht zu machen die Wohnung.

Während er die dunkle Straße entlanglief, grübelte er über Steven und Florina nach. Als Steven ihm das Foto gegeben und ihm die Aufgabe erteilt hatte, herauszufinden, wo sie wohnte, wer ihre Freunde waren und so weiter, hatte er nicht viele Fragen gestellt. Mika sollte des Öfteren Informationen über Leute sammeln, die einem Mitglied der kriminellen Organisation, in der Steven einen hohen Posten bekleidete, in die Quere gekommen waren. Es war nicht so, als hätte Mika keine Gewissensbisse oder Schuldgefühle bei dem Gedanken gehabt, was dank seinen Informationen mit den Menschen geschah. Aber auch wenn er versuchte, sich aus den gröbsten kriminellen Machenschaften der Organisation herauszuhalten, so fühlte er sich Steven gegenüber doch verpflichtet, kleinere Aufgaben zu übernehmen, schließlich säße er ohne ihn immer noch auf der Straße. Jetzt brachte ihn seine Loyalität Steven gegenüber in eine Zwickmühle. Zum ersten Mal hatte er ein Opfer der Organisation persönlich kennengelernt und er spürte, dass es gerade in diesem Fall nicht nur darum ging, jemandem ein bisschen Angst zu machen, ein paar Scheiben einzuschlagen oder Autoreifen zu zerschneiden. Er wusste nicht genau, was Steven mit Florina vorhatte, aber er wusste, dass Julie etwas mit dem Hass, den Steven Florina gegenüber hegte, zu tun hatte und das war gar nicht gut für sie. Julie war der einzige Mensch, der Steven wirklich wichtig war und nun lag sie auf der Intensivstation. Schuld daran war Florina. Und egal wie süß sie war, Mika wusste, wem seine Loyalität gelten würde.

3

Er war schon da, stand, eine Hand in der Hosentasche, lässig an einen Felsen gelehnt und ließ seinen Blick über die Weite des dunklen Sees schweifen. „Hi", sagte ich leise, während ich, halb stolpernd, halb rutschend, den steinigen Weg hinunterlief. „Hey, du", sagte er leise und drehte sich in meine Richtung. Außer Atem blieb ich vor ihm stehen. Mir fiel auf, dass er sehr schöne Augen hatte. Als mir bewusst wurde, dass ich ihn anstarrte, wandte ich verlegen den Blick ab. „Tut mir leid, dass ich dich aus dem Bett geschmissen habe", murmelte ich. „Ich hab noch nicht geschlafen", entgegnete er, aber sein zerzaustes Haar strafte seine Worte Lügen. „Erzählst du mir was von dir?", fragte Mika. „Ach, über mich gibt's nichts zu erzählen", schwindelte ich und bemühte mich um einen Themenwechsel. „Aber wie wäre es, wenn du mir was von dir erzählst? Ich kenne fast alle Leute aus Glückstadt, aber dich habe ich noch nie gesehen."

Dass sie ihn noch nie gesehen hatte, lag daran, dass Steven und er ständig umziehen mussten. Das Risiko, dass die Organisation aufflog, wurde größer, je länger sie sich an einem Ort aufhielten. Von sich aus würde sie ihm nichts erzählen, seine Frage hatte sie geschickt abgeblockt, indem sie die Aufmerksamkeit auf ihn gelenkt hatte. Einen Sekundenbruchteil zögerte er, dann beschloss er, zumindest teilweise bei der Wahrheit zu bleiben. Erstens würde er sich nicht so leicht selber verplappern und zweitens war die Geschichte mit seinen Eltern eine Masche, die fast immer funktionierte, um Mädchen dazu zu bringen, Mitleid mit ihm zu haben und ihm zu vertrauen. „Weißt du", setzte er an, „ich rede nicht gerne über meine Vergangenheit." Florina sah ihn aufmerksam an. „Meine

Eltern ... Ich habe meine Eltern nie kennengelernt. Meine Mutter hat mich vor der Tür eines Waisenhauses abgelegt, kaum dass ich drei Wochen alt war." Betroffen legte sie ihm eine Hand leicht auf den Arm. „Das tut mir so leid für dich", sagte sie mit brüchiger Stimme, „wenn ich das gewusst hätte, dann hätte ich ganz sicher nicht nachgefragt." „Schon okay", wiegelte er ab. „Ich komme damit klar." Je länger er sprach, desto fester wurde seine Stimme. „Es war schrecklich dort. An meinem siebenten Geburtstag bin ich weggelaufen. Ich hab drei Tage lang auf der Straße geschlafen und hatte panische Angst, eingesammelt und zurückgebracht zu werden." „Und dann?", fragte Florina aufgeregt. „Dann hat Steven mich gefunden. Schlafend. In einem Straßengraben." Er lachte. „Wer ist Steven?" „Alles", antwortete er, ohne zu zögern. „Er ist mein Bruder, mein Vater, mein bester Freund. Ich will mir gar nicht ausmalen, was ohne ihn geschehen wäre. Er ist nur zehn Jahre älter als ich, aber für mich war er immer furchtbar erwachsen und schlau." Er lächelte. „Scheint ein toller Mensch zu sein", sagte Florina. Angesichts der Tatsache, dass genau dieser Mensch Florina zerstört sehen wollte, war die Äußerung ziemlich makaber.

Nachdem er Florina eine Stunde später nach Hause gebracht hatte, lief er ziellos durch die Straßen. Schlafen könnte er sowieso nicht. Schließlich stellte er fest, dass er wieder vor ihrem Haus stand. Ein Katzenbaby saß maunzend vor der Tür. Plötzlich wusste er, wie er Stevens Respekt zurückgewinnen konnte. Er musste ihm nur zeigen, auf wessen Seite er stand. Florina war süß, ganz klar. Aber was war ein kurzer Flirt im Vergleich zu der einzigen Freundschaft, die er je erfahren hatte.

Als ich am nächsten Morgen aufwachte, war ich richtig überrascht. Nachdem Mika mich nach Hause gebracht hatte, hatte ich einige Stunden tief und traumlos geschlafen. Zum ersten Mal seit Wochen fühlte ich mich richtig ausgeruht. Ich sprang schnell unter die Dusche und hüpfte kurze Zeit später fröhlich pfeifend die Treppe hinunter. Endlich, dachte ich, endlich geht es bergauf. Als ich meine Familie jedoch mit steinernen Gesichtern am Esstisch sitzen sah, erstarb das Lächeln auf meinem Gesicht. „Flori …“, setzte meine Mutter an. „Findus ist tot“, sagte mein kleiner Bruder und brach in Tränen aus. Mir wurde eiskalt und ich begann zu zittern. „Aber“, sagte ich „er war doch noch so klein, er kann doch nicht …“, setzte ich an. Mein Kopf weigerte sich, das Gehörte zu glauben, doch in meinem Herzen spürte ich, dass es die Wahrheit war. Mir wurde schwarz vor Augen und Mama zog schnell einen Stuhl zurück und drückte mich sanft darauf. „Wie?“, fragte ich. „Jemand hat ihm das Genick gebrochen“, flüsterte Mama. So leise, dass mein Bruder es nicht hören konnte. Für den Bruchteil einer Sekunde hörte mein Herz auf zu schlagen. Dann holperte es zu schnell und unregelmäßig weiter. Ich war wie erstarrt. Dass meine Familie um mich herum auf dem Boden kniete, und versuchte mich zu trösten, nahm ich nur wie durch einen Schleier wahr. Mit einem Ruck schob ich plötzlich meinen Stuhl zurück und flüchtete hoch in mein Zimmer und vergrub meinen Kopf unterm Kissen. Kurze Zeit später hörte ich Mamas Pumps über den Holzfußboden klackern, doch nach einem Blick in mein Zimmer ließ sie mich glücklicherweise ohne Kommentar Schule schwänzen.

Kaum, dass Mama und Papa aus dem Haus waren, klingelte mein Handy. „Wieso bist du nicht im Cupcake? Was ist los?“, fragte Lilja beunruhigt. „Musstest du noch mal aufs Revier?“, ihre Stimme wurde unsicher und leise bei diesem Thema. „Nein“, sagte ich schnell. „Nein, es ist … es ist … Findus …“, plötzlich brach der letzte Rest Beherrschung zusammen und ich begann heftig zu schluchzen. „Er … jemand hat ihn umgebracht“, gelang es mir endlich zu flüstern. „Ich bin in zwei Minuten bei dir“, versprach Lilja und legte auf.

Mit Lilja zusammen polsterte ich kurze Zeit später einen Schuhkarton aus und legte Findus behutsam hinein. Er war noch so klein. Ich spürte, wie die Tränen wieder in meine Augen schossen. Tröstend legte Lilja mir einen Arm um die Schultern. Ich war froh, dass ich eine Freundin hatte, die ohne zu zögern die Schule schwänzte, um mit mir meinen Kater zu beerdigen.

Nachdem wir Findus im hinteren Teil unseres Gartens vergraben hatten, setzten wir uns mit verquollenen Augen und erdverkrusteten Händen an unseren Esstisch. Wir konnten dem Thema jetzt nicht mehr länger davonlaufen. Findus war nicht gestorben, weil er alt oder krank war, er war ermordet worden. Da jeder wusste, wie sehr ich an dem Kater hing, schien der Anschlag mir gegolten zu haben. „Aber wem habe ich denn was getan?", fragte ich. „Abgesehen von Julie", fügte ich hinzu und merkte, wie die Schuldgefühle mir die Brust zuschnürten. „Aber Julie liegt auf der Intensivstation", wandte Lilja ein. „Vielleicht ein Freund oder Verwandter, der sich rächen will", überlegte ich. „Deine Adresse kennt aber niemand", wies Lilja auch diese Überlegung ab. „Datenschutz." „Stimmt", sagte ich. Wir rätselten noch eine Stunde lang, doch kamen zu keinem logischen Ergebnis. Für Eifersucht oder die normalen Mädchenzickereien schien uns der Katzenmord zu heftig, das gleiche galt für Ex-Freunde.

Schließlich machte Lilja sich auf den Weg nach Hause und ich schlief, von einer tiefen Erschöpfung übermannt, auf der Couch ein.

4

Die Frau an der Garderobe reichte den leicht bekleideten Mädchen zwei Strickjacken und wandte sich dann den anderen Besuchern der Disco zu. Die Mädchen verließen das „Moonlight", wobei sie sich lachend aneinander festhielten. Dass allerdings nicht nur ihre ausgelassene Stimmung Ursache dafür war, bewies die Tatsache, dass zumindest die Blonde auf ihren hohen Schuhen fast umknickte. Sie hatte eindeutig zu viel getrunken. Vor allem die plötzliche Sauerstoffzufuhr machte ihr zu schaffen. Die beiden Mädchen lehnten sich ein paar Schritte weiter an einer mit Graffiti besprühten Hauswand an.

Als sie diesen Punkt in ihrem Traum erreichte, verschwammen die Bilder plötzlich, sie konnte nichts mehr sehen und in ihren Ohren hörte sie nur ihr Blut rauschen. Schweißgebadet und mit pochenden Kopfschmerzen wachte Lilja auf und ihr wurde klar, dass in der Nacht etwas passiert war, was Florina ihr verschwieg. Doch wenn sie ihrer Freundin helfen wollte, musste sie sich erinnern.

„Wow", sagte Steven gedehnt, „ich muss sagen, ich habe dich unterschätzt. Beinahe dachte ich, diese Schlampe hätte dir den Kopf verdreht, aber sich ihr auf diese Weise zu nähern war clever. Du sparst dir das ganze Versteckspiel und gleichzeitig kommst du viel besser an sie ran. Du erfährst viel mehr, wenn sie dir vertraut. Und das wiederum liefert uns Munition. Gut gemacht, Kleiner! Ach und die Sache mit der Katze … das war genial. Wir nehmen ihr, was ihr wichtig ist, versetzen sie erst in Angst, und wenn sie am Boden liegt, müssen wir ihr nur noch den letzten Stoß versetzen."

Als ich schließlich aufwachte, war es, wie ich mit Schrecken feststellte, schon fast drei Uhr. Um halb vier begannen die Sozialstunden im Kindergarten und ich hatte nicht vor zu spät zu kommen. Abgesehen davon, dass ich um jeden Preis einen guten Eindruck machen wollte, soweit das noch möglich war, waren mir die Kinder schon richtig ans Herz gewachsen. Ich zog mir einen neuen Pulli an, band mir die Haare zusammen, schnürte meine ausgelatschten Converse und verließ das Loft. Auf dem Weg zum „Wiesenkindergarten" checkte ich meine Nachrichten. Lilja hatte sich mehrmals besorgt erkundigt, wie es mir ginge und ob sie nicht doch lieber vorbeikommen solle und Mika fragte, ob ich heute Abend Lust hätte zum See zu gehen oder etwas anderes zu unternehmen. Ich lächelte, als ich das las. *Holst du mich um 6 am Wiesenkindergarten ab?*, simste ich schließlich zurück. *Geht klar* ☺, antworte Mika fast augenblicklich. Ich ließ mein Handy in die Jackentasche gleiten und schloss verträumt die Augen. Gleich darauf fühlte ich mich, als hätte ich Findus verraten. Meine Katze war erst ein paar Stunden tot und ich freute mich auf ein Date. Ich hatte das Handy schon wieder in der Hand, um Mika abzusagen, als mir klar wurde, dass ich den Abend mit meiner Familie, die ebenfalls um Findus trauern, dabei jedoch die ganze Zeit über die Hintergründe der Tat diskutieren würde, nicht ertragen könnte. Wenn ich die Zeit mit Mika verbringen würde, könnte ich genau diese Gedanken noch für eine Weile verdrängen. Er tat mir gut. Ich genoss es, Zeit mit ihm zu verbringen. Entschlossen steckte ich das Handy wieder weg und öffnete die Tür des Kindergartens. Im Flur kam mir Frau Maier entgegen. Die füllige Frau mit den dauerhaft geröteten Wangen wirkte auf den ersten Blick ziemlich forsch und rau, aber sie war überaus fähig, was die Leitung der Einrichtung anging und ich hatte selten einen Menschen erlebt, der einen besseren Draht zu Kindern hatte. Für die Kleinen war sie beinahe so etwas wie eine Göttin. Allerdings liebten die jeden, der ihnen ihre Aufmerksamkeit schenkte. Diejenigen, die noch im Kindergarten waren, wenn ich nachmittags kam, bekamen zu Hause nämlich meistens zu wenig davon. In den meisten Fällen waren die Eltern entweder getrennt oder beide berufstätig.

Um zehn nach sechs verließ ich den Kindergarten schließlich fix und fertig, aber glücklich. Frau Maier hatte mich für meine gute Arbeit gelobt und angedeutet, dass sie sich freuen würde, wenn ich, sobald ich die Sozialstunden abgeleistet hätte, zwei Nachmittage die Woche fest im Kindergarten arbeiten würde. Zufrieden verstaute ich die Bilder, die Mia, Leah und die anderen heute für mich gemalt hatten, in meiner Tasche.

Mika wartete auf der Straße auf mich. „Hast du Lust, eine Kleinigkeit essen zu gehen?", fragte er. Mir fiel ein, dass ich durch die ganze Findusgeschichte den ganzen Tag kaum etwas gegessen hatte und mein Magen knurrte wie zur Bestätigung. Ich nickte. „Klingt gut."

Wenig später saßen wir einander in einem kleinen Café gegenüber, indem es göttliche Wraps gab und ich bemerkte mal wieder, wie verdammt gut Mika aussah. Die dunklen Haare, die blauen Augen, umrahmt von dunklen, dichten Wimpern, die gerade Nase, die vollen Lippen. Beinahe perfekt, aber auf eine natürliche Art und Weise. Plötzlich wurde mir bewusst, dass ich ihn fast eine halbe Minute angestarrt haben musste, und peinlich berührt schaute ich schnell weg. Sein amüsiertes Lächeln verriet, dass er ganz genau wusste, was in mir vorging und ich spürte, wie mir das Blut in die Wangen schoss. „Du siehst süß aus, wenn du rot wirst", sagte Mika und ich wurde prompt noch röter. Die ganze Situation war mir schrecklich peinlich. „Wie war dein Tag?", fragte ich, um abzulenken. Glücklicherweise ging er darauf ein. „Ach, ich hab ein paar Bewerbungen geschrieben, Einkäufe erledigt, gechillt. Nichts Besonderes eigentlich. Und was hast du gemacht, ich meine abgesehen davon, dass du mit kleinen Kindern Bilder gemalt hast?" „Hey", rief ich empört, „ich mache viel mehr als malen. Frau Maier und ich planen eine Waldwoche und nächste Woche wollen wir mit den Kindern kochen. Das ist richtig kompliziert, weil es kaum etwas gibt, was alle mögen und vertragen, Mia zum Beispiel darf auf gar keinen Fall irgendwelche Nüsse oder Mandeln essen. Dann bekommt sie keine Luft mehr. Oder Jonas. Wenn der …" „Okay, okay, ich hab's verstanden", lachte Mika und hob beschwichtigend die Hände. „Du betreibst im Kindergarten meisterhafte Denkleistungen." Wir lachten. Es war ein schönes Gefühl. Unbeschwert und frei.

Während er den Weg zu Stevens Wohnung einschlug, nahm das beklemmende Gefühl, das sich über den Abend hin fast vollständig aufgelöst hatte, wieder zu. Er hatte bekommen, was er wollte. Florina war dabei, sich in ihn zu verlieben und sie begann ihm langsam zu vertrauen. Nachdem sie einige Stunden entspannt gequatscht hatten, hatte sie ihm sogar erzählt, dass sie im Kindergarten Sozialstunden ableisten musste und nicht fest angestellt war. Er hatte selbstverständlich den verständnisvollen Tröster gespielt und mehrmals beteuert, dass er sich gar nicht vorstellen könne, das Florina etwas Schlimmes, Gesetzwidriges getan haben könnte. Dass er sich das nicht vorstellen konnte, stimmte sogar, aber er wusste es besser. Eigentlich hätte er also seinen Triumph genießen müssen, schließlich spielte er seine Rolle gut und alles entwickelte sich in die richtige Richtung. Sogar Steven würde zufrieden sein. Trotzdem fühlte er sich ausgelaugt und elend.

Am nächsten Morgen, einem Samstag, trafen Lilja und ich uns zum Brunchen im „Cupcake". Während ich auf sie wartete, bestellte ich schon mal zwei Latte Macchiato bei Jana. „Na, Flori", fragte sie, „wie geht's?" „Ach, es ist Samstag, da muss man ja gut drauf sein", wich ich aus, denn ich traute mich noch immer nicht „Gut" zu sagen. Die meisten Leute erwarteten, dass ich mich zu Hause mit meinen Schuldgefühlen unter der Bettdecke verkroch und ich konnte es ihnen noch nicht einmal verdenken. Anfangs hatte ich mich auch genauso verhalten, aber meinen Eltern zuliebe hatte ich angefangen wieder auszugehen und ich merkte, dass es mir guttat. Außerdem würde es Julie auch nichts bringen, wenn ich mein Leben aufgeben würde.

„Flori", rief Lilja noch, bevor sie das Café betreten hatte, „du musst mir helfen! Ich weiß nicht, mit wem ich zum Sommerball gehen soll." Ich lachte. Dieses Thema hatten Lilja und ich jedes Jahr im Frühling. Für sie war der Sommerball unendlich wichtig, nicht zuletzt deswegen, weil ihre Mutter eine der Hauptorganisatorinnen war. Also begann Lilja sich schon unmittelbar nach den Winterferien nach dem perfekten Date umzuschauen. Das führte dann zu regelmäßigen Stressattacken, weil die meisten Jungs erst gegen Ende Mai begannen, sich Gedanken über ihre Begleitung zu machen. Meist sah es dann so aus, dass Lilja im März irgendjemandem zusagte, aus Angst, niemanden abzubekommen, mir dann die Ohren volljammerte, weil sie den Typen gar nicht mochte und dann im Mai noch von zig coolen Jungen gefragt wurde. Daraufhin begann dann das Ausredenerfinden für den „März-Typen", der schließlich abserviert wurde und am Abend des Balls ging Lilja mit dem begehrtesten Typen der Schule. „Okay, Okay", lenkte Lilja ein, als sie meinen Gesichtsausdruck sah. „Aber was ist mit dir?", fragte sie. „Weißt du schon, mit wem du gehst?" Ehrlich gesagt, hatte ich mir über den Ball noch gar keine Gedanken gemacht. „Mhm, vielleicht frage ich Mika", überlegte ich. „Mika ist der von der Party, oder?", erinnerte Lilja sich. „Genau", stimmte ich zu. „Ich war gestern noch mit ihm essen und der ist echt süß." Ich lächelte bei dem Gedanken an den gestrigen Abend. „Oh, Flori schwebt auf Wolke sieben", stichelte Lilja. „Quatsch", widersprach ich, aber ich spürte, dass sie recht hatte. Ich war im Begriff, mich Hals über Kopf zu verlieben.

Steven war zufrieden gewesen und er selbst sollte es auch sein. Gut, er mochte sie, aber was tat das schon zur Sache? Er nahm sein Handy vom Nachttisch und schickte ihr eine SMS, bevor er es sich anders überlegen konnte. *Vermisse dich so — M.*

5

Die Frau an der Garderobe reichte den leicht bekleideten Mädchen zwei Strickjacken und wandte sich dann den anderen Besuchern der Disco zu. Die Mädchen verließen das „Moonlight", wobei sie sich lachend aneinander festhielten. Dass allerdings nicht nur ihre ausgelassene Stimmung Ursache dafür war, bewies die Tatsache, dass zumindest die Blonde auf ihren hohen Schuhen fast umknickte. Sie hatte eindeutig zu viel getrunken. Vor allem die plötzliche Sauerstoffzufuhr machte ihr zu schaffen. Die beiden Mädchen lehnten sich ein paar Schritte weiter an einer mit Graffiti besprühten Hauswand an.

Plötzlich drehte das blonde Mädchen sich zur Seite und übergab sich.

Das Letzte, was Lilja wahrnahm, bevor sie schweißgebadet aufwachte, war ein erschrockener Schrei, der ihr durch Mark und Bein ging. Entschlossen tippte sie eine Nachricht an Florina in ihr Handy: **Wir müssen reden.**

Schlaftrunken tastete ich nach meinem Handy, während ich mir mit der anderen Hand den Schlaf aus den Augen rieb. Als ich Mikas SMS las, begann mein Bauch zu kribbeln und ein Gefühl von Wärme durchflutete mich. **Heute Abend am See?**, tippte ich und sendete die Nachricht. Liljas SMS hingegen bereitete mir Kopfschmerzen. **Bin in einer Stunde bei dir**, antwortete ich schließlich, dann quälte ich mich aus meinem gemütlichen Bett und sprang unter die Dusche. Als ich wenig später mit nassen Haaren am Tisch saß und mein Müsli löffelte, überlegte ich, was Lilja gemeint haben mochte. Vielleicht machte ich mich aber auch nur unnötig verrückt und es gab nur ein so banales Problem wie ein Sommerballdate.

Lilja sah ziemlich fertig aus, als sie mir die Tür öffnete. Ihre langen Haare waren achtlos zu einem unordentlichen Dutt zusammengeknotet und sie hatte tiefe Schatten unter den Augen. „Wir müssen über den Unfall reden“, sagte sie mit fester Stimme. „Ich … du weißt, was passiert ist“, gab ich zögernd zurück. „Florina, du weißt, dass meine Erinnerungen weg waren“, rief sie aufgebracht, „und niemand hat mir so richtig erzählt, was passiert ist. Von den Gerichtsverhandlungen habe ich nur die mitbekommen, bei denen ich sagen musste, dass ich nichts weiß und da wurde nicht viel gesagt.“ Verzweifelt fuchtelte sie mit ihren Händen durch die Luft, um zu unterstreichen, wie aufgewühlt sie war. „Ich wollte dich nicht drängen, darüber zu reden, weil ich weiß, wie schlimm das alles für dich war, aber ich war in der Nacht auch da. Und ich finde, irgendwie habe ich das Recht zu erfahren, wie das passieren konnte. Und jetzt habe ich seit Kurzem auch noch diese Träume und … bitte rede mit mir.“ Sie seufzte resigniert, holte Luft und massierte mit den Fingern ihre Schläfen, als hätte sie Kopfschmerzen. Schuldgefühle überkamen mich und ich zog Lilja unbeholfen in meine Arme. „Entschuldigung, Lil“, sagte ich. „Ich habe gar nicht darüber nachgedacht, wie es dir dabei geht. Ich wollte einfach mit niemandem darüber reden. Warum hast du denn nicht schon eher was gesagt?“ Fieberhaft überlegte ich, was ich Lilja sagen sollte, während mein Herz schmerzhaft schnell zu pochen begann. Lilja zuckte mit den Schultern. „Gehen wir hoch?“, fragte sie schließlich und ich nickte.

Als wir bei Lilja im Zimmer saßen, atmete ich tief durch. Ich hatte gehofft, diese Situation würde mir erspart bleiben, aber das war wohl naiv gewesen. „Wir waren in der Disco“, setzte ich schließlich langsam, meine Worte bedächtig wählend, an. „Mit Marika.“ Lilja nickte. „Soweit erinnere ich mich.“ Schnell, bevor ich es mir wieder anders überlegen konnte, redete ich weiter. „Wir wollten uns mit Marika am Auto treffen, aber wir waren vor ihr da. Wir hatten beide etwas getrunken und irgendwie sind wir, als wir den Autoschlüssel in deiner Handtasche gefunden haben, auf die dämliche Idee gekommen, schon mal für die Fahrschule zu üben. Na ja, ich bin losgefahren und dann rannte da dieses Mädchen über die Straße.

Und ich konnte nicht bremsen. Den Rest kennst du ja. Gerichtsverhandlungen, Führerscheinverbot, Sozialstunden und so weiter.“
Mir schossen die Tränen in die Augen. „Lil, ich mache mir solche
Sorgen um Julie. Wenn sie es nicht schafft, dann haben wir einen
Menschen umgebracht.“ Auch Lilja traten Tränen in die Augen. „Ich
finde, wir sollten sie besuchen“, sagte sie schließlich. „Du meinst im
Krankenhaus?“, fragte ich überrascht. Doch je länger ich darüber
nachdachte, desto besser gefiel mir die Idee und so saßen Lilja und
ich kurze Zeit später im Bus und fuhren Richtung Krankenhaus.
Auf der Fahrt fragte ich mich, warum ich nicht schon viel eher auf
diese Idee gekommen war. Nach ihr zu sehen und sie zu besuchen
war das Mindeste, was ich für Julie tun konnte.

Am Krankenhaus angekommen, wurde ich plötzlich unsicher.
Ob die Idee wirklich so gut war? Ich griff nach Liljas Hand und
war froh, dass sie es übernahm, mit der Frau an der Rezeption zu
reden. Vor der Tür zu Julies Zimmer atmete ich tief durch und
drückte die Klinke runter. Julies Anblick war schlimm, aber sie
sah weitaus besser aus, als ich es erwartet hatte. Sie war zwar noch
an zahlreiche Schläuche angeschlossen, aber die Krankenschwester
erklärte uns, dass sich ihr Zustand drastisch verbessert habe. Zwar
war sie noch immer nicht aufgewacht, aber die Chancen standen
gar nicht schlecht, dass sie keine ernsthaften bleibenden Schäden
zurückbehalten würde, auch wenn ihr Weg ins Leben zurück
noch mindestens ein paar Monate dauern würde.

Als wir das Krankenhaus wieder verließen, fühlte ich mich erschöpft und aufgedreht. Auf dem Weg zum Parkplatz begegneten
uns zwei Typen, ein paar Jahre älter als wir. Sie waren in eine
hitzige Diskussion vertieft. Als ich im Vorübergehen einen Blick auf
das Gesicht des Blonden erhaschte, blieb ich abrupt stehen, sodass
Lilja sich verwirrt zu mir umdrehte. „Ich hab nur … Sorry, ich
dachte, ich hätte den Typen schon mal gesehen, aber ich hab mich
wohl getäuscht“, murmelte ich. Der Typ sah genauso aus wie das
Gesicht, das mich seit jener Nacht bis in meine Träume verfolgte.

Während er am See auf Florina wartete, musste er sich gegen seinen Willen eingestehen, dass er so nervös war, als handelte es sich um ein echtes Date. Als sie zwischen den Bäumen auftauchte, spürte er in seinem Bauch ein Kribbeln, auch wenn er sich dafür sofort selbst hasste. Sie machte einen gelösteren Eindruck als in den letzten Tagen und küsste ihn zur Begrüßung leicht auf die Wange. „Na?", sagte er „wie sieht's aus?" „Ich hab überlegt", sagte sie, „ob du vielleicht Lust hast, mit mir zum Sommerball zu gehen?" Überrascht sah er sie an. „Schon gut", lenkte sie sofort ein. „War 'ne doofe Idee, vergiss es einfach." Verlegen wandte sie sich ab. „Nein, nein!", beeilte er sich zu sagen „Ich würde furchtbar gerne mit dir zum Sommerball gehen", fügte er leise hinzu und zog sie an sich. Als sie ihren Kopf drehte und zu ihm hochguckte, beugte er sich langsam zu ihr hinunter, bis sich schließlich ihre Lippen fanden.

Als sich unsere Lippen berührten, machte mein Herz einen Sprung. Sein Zögern hatte ich schon als Absage interpretiert, umso glücklicher war ich jetzt. Mit einem Seufzen schlang ich meine Arme um Mikas Hals und öffnete meine Lippen.

Endlich, endlich schien mein Leben sich wieder ein wenig zu normalisieren.

Wenig später saßen wir nebeneinander im Sand. Mika hielt meine Hand. Plötzlich überkam mich das Bedürfnis, Mika von der Nacht zu erzählen. Eine Beziehung, in der man nicht mit offenen Karten spielte, war von vornherein zum Scheitern verurteilt, und ich spürte, dass ich im Begriff war, mich zu verlieben. „Mika", setzte ich zögernd an, „ich muss dir was erzählen."

Für den Bruchteil einer Sekunde hörte sein Herz auf zu schlagen, dann raste es unkontrolliert weiter. Für einen Moment hatte er sich einfach in der Gegenwart verloren, doch jetzt stieß sie ihn wieder auf den Boden der Tatsachen. Er wusste, welche Geschichte jetzt kam und er wollte sie eigentlich gar nicht mehr hören. Sein Magen krampfte sich zusammen und urplötzlich wurde ihm speiübel. Die romantische Stimmung war wie weggeblasen. „Was immer es ist, Prinzessin, du kannst mir vertrauen", sagte er, wobei seine eigene Falschheit ihm für einen Moment fast den Atem raubte. Dankbar lächelte Florina ihn an. Dann schloss sie die Augen und holte tief Luft. Sie setzte an, wie um etwas zu sagen, schien es sich dann aber anders zu überlegen. Er konnte sehen, wie es hinter ihren tiefen, dunklen Augen arbeitete, dann sagte sie schließlich mit ausdrucksloser Stimme: „Ich bin betrunken Auto gefahren und habe dabei einen Unfall gebaut und das Mädchen, das ich angefahren habe, liegt noch immer im Krankenhaus." Sie holte kein einziges Mal Luft und vermutlich hätte er nicht verstanden, was sie sagen wollte, wenn er die Geschichte nicht bereits kennen würde. Hilflos und unschlüssig, was er sagen sollte, ohne noch verlogener zu werden, als er sich ohnehin schon verhielt, schwieg er und zog sie enger an sich. Er beugte sich hinunter und drückte ihr einen Kuss auf das weiche Haar. Florina schien sich zwar langsam wieder zu entspannen, aber der Abend war gelaufen. Nach kurzer Zeit machte Florina sich auf den Weg nach Hause und Mika fühlte sich wie ein Versager.

6

Ich konnte Mikas Kuss noch immer auf meinen Lippen spüren, als ich abends im Bett lag. In meinem Inneren tobte ein Gefühlssturm. Abwechselnd wurde mir heiß und kalt und ich fühlte mich gleichzeitig überglücklich und todtraurig. Verliebt. Kurz erwog ich, Lilja anzurufen, beschloss dann aber, dass man über so etwas nicht am Telefon reden konnte.

Als ich schließlich wegdämmerte, träumte ich wirres Zeug. Fetzen der Unfallnacht vermischten sich mit dem heutigen Besuch im Krankenhaus und Findus' Tod und schließlich tauchte auch noch Mikas Gesicht auf. Mehrmals in dieser Nacht schreckte ich hoch und am nächsten Morgen fühlte ich mich wie gerädert. Erschöpft musste ich mir eingestehen, dass wir mit dem Besuch im Krankenhaus keinesfalls mit der Unfallnacht abgeschlossen hatten, so wie Lilja und ich gehofft hatten.

Mit einem Blick in den Spiegel stellte ich fest, dass ich genauso fürchterlich aussah. Ärgerlich klatschte ich Make-up auf meine Haut, nur um es gleich darauf wieder abzuwischen. Schließlich trug ich nur etwas Wimperntusche auf.

„Nimm's mir nicht übel, aber du siehst schrecklich aus", lautete Liljas Kommentar, als sie im Cupcake eintraf. „Vielen Dank, ich fühle mich durch deine fachmännische Einschätzung sofort sehr gestärkt", gab ich zurück, lachte aber. „Nein, jetzt mal im Ernst", sagte Lilja schon viel sanfter, „wer hat dir denn deinen Schönheitsschlaf geraubt?" Ich spürte, wie mir das Blut in die Wangen schoss. Auf Liljas Gesicht breitete sich ein Grinsen aus. „Der Typ von der Party? Ach, ich wusste es", sie lachte. „Er heißt Mika", stellte ich richtig. „Ich glaube, diesmal hab ich mich echt verliebt." Mit solchen Sätzen warf ich nicht gerade um mich, was ich sagte, das meinte ich auch so. Auf Liljas Gesicht breitete sich ein Strahlen aus. „Oh Flori, ich freu mich so!", rief sie. „Ich muss Mika unbedingt kennenlernen. Denkst du, er hat Zeit, sich heute Abend mit uns auf 'ne Pizza zu treffen?" „Langsam, Lily", bremste ich sie. „Wir sind nicht einmal zusammen." In diesem Moment vibrierte mein Handy und Lilja beugte sich neugierig zu mir rüber. ***Heute Abend am See? Mika.*** Auf Liljas Gesicht trat ein wissender Ausdruck, während ich zurückschrieb.

Während er Steven gegenüber am Frühstückstisch saß, hatte er ein schlechtes Gewissen. Noch nie hatte er etwas vor Steven verheimlicht, aber von dem Kuss konnte er ihm einfach nichts erzählen. „Wie läuft's mit der kleinen Schlampe?", fragte Steven. Mika widerstrebte diese Ausdrucksweise, aber um Steven nicht zu reizen, überging er die Beleidigung. „Läuft super", sagte er: „Sie hat sich längst in mich verknallt." Mika schob sich schnell einen Löffel Müsli in den Mund, um weiteren Ausführungen zu entgehen. Steven schien sich mit dieser Antwort zu begnügen. Er stand auf, haute Mika auf die Schulter und verließ die Wohnung.

Frau Thiel war krank, deshalb fiel der Chemieunterricht aus. So kam es, dass ich schon um zwölf zu Hause war. Ich sah auf meine Uhr und seufzte. Noch acht Stunden, bis ich Mika treffen würde. Ein Schlüssel drehte sich im Schloss und mein kleiner Bruder stapfte mit einem Tornister, der viel zu groß für seinen kleinen Körper wirkte, ins Loft hinein. „Hey Laurin", rief ich einem Impuls folgend, „hast du Lust, heute mit mir ins Kino zu gehen?" „Wirklich?", fragte Laurin und seine Augen begannen zu strahlen. „Au ja!", rief er. „Kaufst du mir auch Popkorn?" „So viel du willst", sagte ich und nahm ihn in den Arm. Laurin war in der letzten Zeit wirklich zu kurz gekommen. Früher hatte ich oft etwas mit ihm unternommen und jetzt wurde mit bewusst, dass wir diese Ausflüge beide vermisst hatten.

Ich wärmte uns das Essen auf, das Mama vorbereitet hatte, bevor sie zur Arbeit gegangen war, und half Laurin bei seinen Hausaufgaben. Dann machten wir uns auf den Weg zu Glückstadts winzig kleinem Kino.

Heute wollte er alles richtig machen. Alles ausblenden und den Abend genießen. Als gäbe es nur Florina und ihn. Einen Abend, bevor die Vergangenheit sie wieder einholen und Wunden hinterlassen würde.

Um Viertel nach sieben stand ich frisch geduscht vor meinem Kleiderschrank und war absolut unschlüssig, was ich anziehen sollte. Bisher hatte ich mir darüber selten Gedanken gemacht, wenn ich abends zum See ging, aber seit dem Kuss machte der Gedanke, Mika wiederzusehen, mich nervös. Schließlich rief ich Lilja an und ließ sie über mein Outfit entscheiden.

Als ich oben an der Klippe an dem Weg angelangt war, der sandig und kurvig nach unten führte, begann mein Herz vor Aufregung schneller zu schlagen. Mika hatte ein paar Kerzen in den Sand gesteckt und angezündet, sodass die ganze Bucht in einem geheimnisvollen gemütlichen Kerzenlicht erstrahlte. „Ich hoffe, du findest das nicht kitschig", murmelte Mika verlegen. „Ich ...", er brach ab, schaute zu Boden und errötete. Es war schrecklich süß, den sonst so mega coolen Typen so unsicher zu sehen. „Wow", brachte ich nur hervor. „Das ist wunderschön", gelang es mir schließlich zu sagen, bevor ich mich in seinen Armen wiederfand und die Zeit stillzustehen begann.

Florina hatte sich gefreut. Sie war richtig berührt gewesen. Und wunderschön. In dem sanften Kerzenlicht hatte sie ein magisches

Strahlen umgeben, sie war ihm gleichzeitig so schön und zerbrechlich wie eine Fee erschienen, sodass er sie am liebsten den ganzen Abend nicht mehr losgelassen hätte. Hatte er auch nicht wirklich. Sie hatten noch am Strand gesessen, bis auch die letzte Kerze verglüht war. Florina hatte von ihrem Kinobesuch mit ihrem Bruder erzählt und er hatte einfach dagesessen, ihrer Stimme gelauscht und versucht, für einen Moment nicht an Steven und Julie zu denken.

Die Frau an der Garderobe reichte den leicht bekleideten Mädchen zwei Strickjacken und wandte sich dann den anderen Besuchern der Disco zu. Die Mädchen verließen das „Moonlight", wobei sie sich lachend aneinander festhielten. Dass allerdings nicht nur ihre ausgelassene Stimmung Ursache dafür war, bewies die Tatsache, dass zumindest die Blonde auf ihren hohen Schuhen fast umknickte. Sie hatte eindeutig zu viel getrunken. Vor allem die plötzliche Sauerstoffzufuhr machte ihr zu schaffen. Die beiden Mädchen lehnten sich ein paar Schritte weiter an einer mit Graffiti besprühten Hauswand an. Plötzlich drehte das blonde Mädchen sich zur Seite und übergab sich. Sie war daher zu beschäftigt, um einzugreifen, als ein großer blonder Mann die Disco verließ und auf die Mädchen zu schlenderte. Er wechselte ein paar Worte mit dem dunkelhaarigen Mädchen. Sie antwortete. Ihre Worte schienen den Mann sehr wütend zu machen, denn er packte das Mädchen grob am Arm. Als sie sich wehrte, stieß er sie so heftig zurück, dass sie umknickte und fiel.

Noch während sie aufwachte, realisierte Lilja, dass es Florina gewesen war, die sie in ihrem letzten Traum hatte schreien hören. Verwundert fragte sie sich, weshalb Florina nichts von dem Mann gesagt hatte, der sie offensichtlich bedrängt hatte. Andererseits hatte sie den Vorfall durch den Unfall vielleicht auch einfach vergessen.

„Ach Lily, Mika begleitet mich übrigens zum Sommerball", teilte ich ihr mit, während wir, Latte Macchiato schlürfend, zur Schule schlenderten. „Wunderbar", freute sich Lilja, „ihr werdet traumhaft zusammen aussehen. Wir müssen nur noch ein passendes Kleid für dich besorgen." „Lily, der Ball ist Anfang Juni und jetzt haben wir gerade Mal Mitte Mai", stellte ich klar. „Allerhöchste Zeit also", ließ Lilja sich nicht beirren, „ich habe mein Kleid schon vor drei Wochen gekauft." „Ich weiß, ich war dabei", erinnerte ich sie. „Nur eine Verabredung, die fehlt mir immer noch", begann sie zu jammern. In diesem Moment schlenderte Julien, Fußballkapitän und Mädchenschwarm, bemüht cool auf uns zu. In mich hinein grinsend machte ich mich auf den Weg zu Mathe und ließ Lilja mit ihm alleine.

7

„Du wirst es nicht glauben, aber ich gehe mit Julien zum Sommerball", verkündete Lilja, als sie sich wenig später in Mathe neben mich setzte. „Ach, tatsächlich?", fragte ich, „wer hätte das gedacht." In diesem Augenblick trat unser Mathelehrer an die Tafel, doch ich bekam nicht sonderlich viel von der Integralrechnung mit, da Lilja neben mir Shoppingpläne machte und Kleiderentwürfe zeichnete.

Treffen wir uns heute Nachmittag? Mika. Er war sich zwar ziemlich sicher, dass Florina heute Dienst im Kindergarten hatte, aber er wollte auf Nummer sicher gehen. ***Bin bis 18.00 im Kindergarten. Holst du mich ab? Florina***, kam postwendend die Antwort. Perfekt.

Als ich im Kindergarten ankam, war die Hölle los. Drei Mitarbeiterinnen waren krankgeschrieben und die restlichen Erzieherinnen hatten alle Hände voll zu tun, die kleinen Teufelchen zu bändigen. „Florina", rief Frau Maier aus ihrem Büro, „super, dass du da bist! Kannst du schon mal in die Küche gehen und das Essen vorbereiten?" „Klar", antwortete ich. Ich band mir eine der viel zu großen Schürzen um und begann Kartoffeln zu schälen und anschließend zu zerstampfen. Während meine Hände routiniert die Bewegungen ausführten, überkam mich eine angenehme Ruhe. Ich arbeitete zügig. Als ich fertig war, war mir so heiß, dass ich alle Fenster weit aufriss. Dann hängte ich die Schürze an den Haken und verließ die Küche, um die Kinder zu holen. Auf dem Weg nach draußen verarztete ich noch zwei

Schürfwunden, dann saßen schließlich fünfundzwanzig hungrige Kinder am Tisch. Ich war gerade in ein Gespräch mit Rika, einer Praktikantin, vertieft, als plötzlich mehrere Kinder anfingen zu schreien und ein paar sogar weinend rübergelaufen kamen. Erschrocken suchte ich den Raum nach der Ursache ab und bemerkte, dass Mia mit weit aufgerissenen Augen heftig nach Luft japste. Rika rief geistesgegenwärtig den Notarzt an, während Frau Lindner und Frau Sommer die anderen Kinder aus dem Raum brachten. Frau Maier eilte zu Mia. Ich stand stocksteif da, unfähig irgendetwas zu tun. „Hast du irgendwas in das Kartoffelpüree getan, was Mia nicht vertragen haben könnte?“, fragte Frau Maier. „Ich … nein, natürlich nicht“, beeilte ich mich zu sagen. In diesem Moment fiel Frau Maiers Blick auf die Anrichte, wo eine leere Tüte Mandeln lag. Plötzlich fröstelte mich, obwohl der Raum überheizt war. Ich war mir hundertprozentig sicher, dass ich keine Mandeln in das Kartoffelpüree gemischt hatte. „Du weißt ganz genau, dass Mia keine Mandeln verträgt. Ich bin maßlos enttäuscht.“ Ich setzte an, um etwas zu erwidern, verstummte dann aber wieder. Außer mir war niemand in der Küche gewesen. Wahrscheinlich hatte ich die Tüte, ganz in Gedanken, doch untergemischt. Tränen schossen mir in die Augen. „Ich will dich heute nicht mehr hier sehen“, sagte Frau Maier mit frostiger Stimme. „Und ich bete, dass der Notarzt gleich eintrifft und Mia helfen kann. Ich weiß gar nicht, wie ich Mias Eltern erklären soll, dass wir so verantwortungslose Mitarbeiter bei uns haben.“ Unter Entschuldigungen und Tränen verließ ich den Raum. „Morgen um neun führen wir ein Gespräch“, rief Frau Maier mir noch hinterher.

Mit tränenverschleiertem Blick hetzte ich nach Hause, schaltete mein Handy aus und verkroch mich in meinem Bett. Mir war hundeelend zumute. Ich wollte niemanden sehen, mit niemandem reden. Ich machte mir schreckliche Sorgen um Mia. Ich hatte die Kleine in der kurzen Zeit, die ich im Kindergarten war, richtig ins Herz geschlossen. Wie hatte ich nur so verantwortungslos handeln können? Andererseits war ich immer noch überzeugt davon, dass ich die Mandeln nicht untergemischt hatte. Zumal ich noch nie etwas davon gehört hatte, dass man Mandeln in Kartoffelpüree tat. Ob mir einer von den anderen Erziehern etwas anhängen wollte? Gleich darauf schämte ich mich für diesen Gedanken. Ich konnte die Schuld für meine Schusseligkeit nicht anderen Leuten anhängen, zumal ich mit allen Mitarbeitern ziemlich gut klarkam.

Irgendwann war ich eingeschlafen, denn mit Schrecken stellte ich fest, dass es schon zehn nach sechs war, als ich aufwachte. Ich schaltete mein Handy wieder an und schrieb eine kurze SMS an Mika: ***Mir geht's nicht so gut, sorry! Sehen wir uns morgen? Flori.*** Ich hatte ein schlechtes Gewissen, weil ich ihn erst warten gelassen und dann versetzt hatte, aber mir war gerade echt nicht nach einem Date zumute. Lila hatte mit zehn WhatsApp-Nachrichten geschickt und die Clique fragte, ob wir heute Abend was zusammen machen wollten, aber ich schrieb nur Lila kurz zurück, dann schaltete ich mein Handy wieder aus, zog mir eine Jogginghose an und legte mich wieder ins Bett.

Als er Florinas Nachricht las, sackte er in sich zusammen. Trotz allem hätte er sie gerne gesehen.

Die Frau an der Garderobe reichte den leicht bekleideten Mädchen zwei Strickjacken und wandte sich dann den anderen Besuchern der Disco zu. Die Mädchen verließen das „Moonlight", wobei sie sich lachend aneinander festhielten. Dass allerdings nicht nur ihre ausgelassene Stimmung Ursache dafür war, bewies die Tatsache, dass zumindest die Blonde auf ihren hohen Schuhen fast umknickte. Sie hatte eindeutig zu viel getrunken. Vor allem die plötzliche Sauerstoffzufuhr machte ihr zu schaffen. Die beiden Mädchen lehnten sich ein paar Schritte weiter an einer mit Graffiti besprühten Hauswand an. Plötzlich drehte das blonde Mädchen sich zur Seite und übergab sich. Sie war daher zu beschäftigt um ein-

zugreifen, als ein großer blonder Mann die Disco verließ und auf die Mädchen zu schlenderte. Er wechselte ein paar Worte mit dem dunkelhaarigen Mädchen. Sie antwortete. Ihre Worte schienen den Mann sehr wütend zu machen, denn er packte das Mädchen grob am Arm. Als sie sich wehrte, stieß er sie so heftig zurück, dass sie umknickte und fiel. Jetzt zeichnete sich statt der genervten Wut, die man vorher auf dem Gesicht des Mädchens erkennen konnte, pure Angst ab. Sie rappelte sich auf, zog am Arm ihrer Freundin und rannte, so schnell es in den Schuhen möglich gewesen war, davon.

Am nächsten Morgen beschloss ich, gar nicht erst in die Schule zu gehen. Das Gespräch mit Frau Maier sollte um 9 Uhr stattfinden und für eine Stunde lohnte sich das echt nicht. Ich hatte meiner Mutter erzählt, was passiert war, doch auch wenn sie sehr mitfühlend gewesen war und mir für das Gespräch mit Frau Maier alles Gute gewünscht hatte, so glaubte ich trotzdem nicht, dass sie davon überzeugt war, dass ich die Mandeln nicht in das Kartoffelpüree geschüttet hatte. Seit dem Unfall war ich in ihren Augen scheinbar unberechenbar geworden.

Als es an der Haustür klingelte, war ich ziemlich sicher, dass es Lilja war, die nachsehen kam, warum ich nicht im Cupcake erschienen war. „Was ist denn schon wieder mit dir los, Süße?", fragte sie besorgt, während sie mit einem Latte Macchiato ins Loft kam, kaum dass ich die Tür geöffnet hatte. „Ich hatte gestern einen ziemlich beschissenen Tag im Kindergarten", murmelte ich. „Warum hast du nichts gesagt?", fragte Lilja und zog erstaunt und ein wenig gekränkt die Augenbrauen hoch. „Weißt du", erklärte ich schnell, „das war zu kompliziert, um das zu schreiben und ich war irgendwie zu fertig, um noch jemanden zu treffen." „Dann holen wir das Erzählen jetzt bei einem Latte Macchiato und den hervorragenden Blaubeermuffins deiner Mutter nach", entschloss Lilja versöhnlich. „Was ist mit Schule?", fragte ich. „Pff", entgegnete Lilja „wenn du nicht gehst, dann geh ich auch nicht."

Als ich um kurz vor neun die Tür zum Kindergarten aufstieß, war ich erstaunlich gefasst. Das Gespräch mit Lilja hatte mir gutgetan. Sie hielt fest zu mir und machte mir Mut, außerdem glaubte sie mir, dass ich die Mandeln nicht untergemischt hatte. Das wiederum stellte uns vor ein noch größeres Problem, das ich erst mal zu verdrängen versuchte. Denn wenn ich die Mandeln nicht untergemischt hatte, dann war es jemand anderes gewesen. Jemand, der mir etwas anhängen wollte.

„Guten Morgen, Florina", sagte Frau Maier, als ich ihr Büro betrat. Der frostige Tonfall war verschwunden, aber ihre sonst so ansteckende Herzlichkeit war auch nicht zu spüren. „Guten Morgen", antwortete ich und nahm auf dem Stuhl, dem Schreibtisch gegenüber Platz. „Wie geht es Mia?", ängstlich wartete ich auf ihre Antwort. „Der Kleinen geht es gut, keine Sorge." Eine große Last fiel von mir ab, denn im Vergleich zu der Sorge um Mia waren die Sorgen um meinen Job wirklich bedeutungslos gewesen. „Florina, ich will dich nicht lange auf die Folter spannen", setzte Frau Maier an, und fegte somit das Lächeln wieder aus meinem Gesicht. Nun bekam ich also meine erste Kündigung. „Wir machen alle mal Fehler und ich kann mir den Vorfall gestern wirklich nicht erklären, aber abgesehen davon warst du immer eine sehr zuverlässige, tatkräftige Mitarbeiterin. Die Kinder finden dich ganz toll, und wir können deine Unterstützung echt gebrauchen. Ich gebe dir also noch eine Chance. Aber nutze sie und sei in Zukunft achtsamer, sonst können wir nicht mehr zusammenarbeiten." Langsam sickerten Frau Maiers Worte zu mir durch. Ich war nicht gefeuert. Ich durfte bleiben. Langsam breitete sich ein Lächeln auf meinem Gesicht aus und wurde immer größer, bis ich breit grinste. Ich bedankte mich tausendmal überschwänglich bei Frau Maier, die belustigt schmunzelte, dann stürmte ich nach draußen und umarmte eine völlig verdutzte Lilja, die damit gerechnet hatte, Tränen trocknen zu müssen. Ich hatte das Gefühl, die ganze Welt umarmen zu wollen. Auf dem Weg zur Schule schickte ich eine SMS an Mika: *Machen wir heute was zusammen?*

8

Steven fing immer mehr an zu drängen. Ihm ging die ganze Sache zu langsam. Er wollte endlich Rache für seine Schwester nehmen und Geduld war noch nie seine Stärke gewesen. Mika verschwieg ihm, dass er die Sache extra so weit rauszögerte wie möglich, dass er gerne mit Florina zusammen war, dass er Gewissensbisse bekam. Aber auch, wenn er diese Worte nicht aussprach, hingen sie als stummer Vorwurf zwischen ihnen. Die Stimmung war gereizt, sie redeten wenig, verließen die enge Wohnung, so oft es ging. Seit der Aktion gestern war Steven glücklicherweise wieder etwas besänftigt, heute Morgen hatte er sogar frische Brötchen geholt. Doch auch wenn der Umgang mit Steven für einen Moment wieder leichter geworden war, ging es Mika nicht gut. Er wusste, in spätestens zwei Tagen würde Steven wieder Druck machen und er würde Florina erneut verletzen.

Als ich Lilja erzählte, dass ich mich heute Nachmittag mit Mika treffen würde, schlug sie mit ihrer typischen Begeisterung vor, sich mit Julien zu viert im Cupcake zu treffen. „Ich würde ihn soooooo gerne kennenlernen", bettelte Lilja, bis ich Mika schließlich anrief und fragte, ob er dazu Lust hätte. „Klar, coole Idee", sagte er sofort. „Ich bin dann um drei da." Als ich auflegte, hatte ich deutlich bessere Laune, als man angesichts einer Doppelstunde Mathe haben sollte.

Er konnte nicht verleugnen, dass der Gedanke, Lilja zu treffen, ihn nervös machte. Aus den kurzen Begegnungen mit ihr und von dem, was Florina so erzählt hatte, schloss er, dass Lilja, auch wenn sie scheinbar unglaublich schusselig war, ziemlich klug sein musste. Es war riskant für ihn und den Plan, noch eine Person näher kennenlernen und täuschen zu müssen, aber Florina wäre mit Sicherheit misstrauisch geworden, hätte er ihren Vorschlag abgelehnt.

Mit widersprüchlichen Gefühlen verließ ich um kurz vor drei das Loft und machte mich auf den Weg ins Cupcake. Einerseits freute ich mich auf Mika und Lilja und darüber, dass die beiden sich endlich richtig kennenlernen würden, anderseits hatte ich panische Angst davor, dass Lilja Mika aus irgendeinem Grund nicht mögen könnte, denn ihre Meinung war mir sehr wichtig.

Ich war die Erste, die im Cupcake ankam und ich beschloss, draußen auf die anderen zu warten und noch ein wenig Musik zu hören. Mit den Stöpseln meines iPods in den Ohren lehnte ich mich an der Hauswand an, schloss die Augen und hielt mein Gesicht in Richtung Sonne. Als Mika mich an sich zog, schrak ich zusammen. Er lachte und nahm meine Hand. Es fühlte sich so gut an. So vollständig. Wir beschlossen, schon einmal einen Tisch zu suchen, denn wann Lilja auftauchte, wusste man schließlich nie.

Sie tauchte schließlich um Viertel nach drei auf, Julien im Schlepptau. „Man sollte diesem Mädchen eine Uhr schenken", stöhnte er halb im Scherz und ließ sich auf einen Stuhl fallen. „Ich brauche erst mal einen Schoko-Kirsch-Cupcake und einen starken Kaffee." Ich musste schmunzeln. Um mit Lilja auszugehen, brauchte man starke Nerven, aber Julien schlug sich gut. „Ich nehme einen Mango-Maracuja-Cupcake und einen Latte Macchiato mit Vanillearoma", beschloss ich. „Für mich auch den Vanille-Macchiato und einen Chai-Latte-Cupcake", schloss Lilja sich an. Mika, der als Einziger noch nie im Cupcake gewesen war, blätterte noch immer durch die Karte mit den zig verschiedenen, absolut himmlisch schmeckenden Cupcake-Angeboten. Ich beugte mich zu ihm herüber. „Der Haselnuss-Nugat-Cupcake schmeckt einfach himmlisch", erklärte ich ihm. „Und der Erdbeer-Holunder-Cupcake steht auch ziemlich weit oben auf meiner Liste." Schließlich entschied Mika sich für den Haselnuss-Nugat-Cupcake und bestellte sich dazu einen einfachen Cappuccino. Kurze Zeit später waren die Jungs in ein Gespräch über Fußball vertieft und ich quatschte mit Lilja über dies und das. Es war so harmonisch, unkompliziert und entspannt, dass ich mich wirklich fragte, warum ich mir vorher so den Kopf zerbrochen hatte.

„Wie kommt's eigentlich, dass wir dich früher nie gesehen haben, wenn du doch in Glückstadt wohnst?", wendete Lilja sich plötzlich an Mika und meine Anspannung kehrte augenblicklich zurück. Es war ja süß, dass Lilja sich Sorgen um mich machte, aber ein Verhör war mir Mika gegenüber sehr unangenehm. Dieser reagierte jedoch ausgesprochen gelassen und offen, als wäre er auf eine solche Frage vorbereitet gewesen: „Meine Eltern leben nicht mehr und der Mann, mit dem ich mir eine Wohnung teile, muss beruflich viel umziehen. Ich hätte natürlich in Frankfurt bleiben können, wo wir vorher gewohnt haben, aber wenn man keine Familie hat, dann hängt man an der einzigen Person, die einem vertraut ist." Er grinste schief. „Also bin ich nach dem Abi hinterhergezogen." Jetzt war es Lilja, die verlegen wurde. „Entschuldigung, Mika", sagte sie. „Ich wollte dir nicht zu nahe treten. Ich war misstrauisch, das tut mir leid, aber ich hab einfach Angst, dass jemand Flori wehtun könnte und ich mir hinterher Vorwürfe mache, weil ich es hätte verhindern können, wenn ich aufmerksamer gewesen wäre", erklärte sie. „Ich würde Florina niemals wehtun wollen", sagte Mika und sah ihr fest in die Augen. „Das musst du mir glauben."

Als wir das Cupcake verließen, fragte Florina, ob er noch mit zu ihr kommen wolle. Kurz zögerte er, denn zu ihr nach Hause zu gehen, war eine andere Nummer, als am See zu knutschen, andererseits war er eh längst zu weit gegangen und er hatte keine Lust, seine Wünsche ständig zurückstellen zu müssen. Also stimmte er zu. Hand in Hand liefen sie die Straße entlang. Wie ein Paar. Ein ganz normales, fröhliches, hübsches, junges Pärchen. Aber egal, wie überzeugend sie nach außen wirkten, manchmal so überzeugend, dass sie sich selbst täuschten, innerlich waren sie beide total hinüber und schadeten einander. Florina hatte noch immer hart an dem Unfall zu knacken, ebenso an den Geschichten mit Findus und Mia. Und bei ihm, dem Straßenjungen, würde sie niemals Unterstützung und Trost finden. Im Gegenteil. Jeden Schritt, den sie auf ihm zumachte, brachte sie ihrem eigenen Verderben ein kleines Stückchen näher.

Ich fühlte mich so frei wie lange nicht mehr. Mika und ich schlenderten die Straße entlang, die Frühlingssonne schien warm in unsere Gesichter und ich genoss das Gefühl seiner großen, starken Hand, die meine festhielt. Als wir zu Hause ankamen, wurde ich etwas nervös. Bisher hatte ich es meistens vermieden, Jungen mit nach Hause zu bringen, die für mich mehr als bloße Freunde waren. Es war nicht so, dass meine Eltern etwas gegen einen festen Freund gehabt hätten, aber irgendwie verunsicherten mich solche Situationen, zumal meine Eltern die meisten Leute, die ich mitbrachte, erst mal zuquatschten. Daher war ich ziemlich erleichtert, dass nur Jake da war. „Spielt ihr mit mir Fußball?“, fragte er mit leuchtenden Augen. Ich setzte an, um ihn auf später zu vertrösten, als Mika schon zustimmte. „Klar, willst du ins Tor?“

Den Rest des Nachmittags verbrachte ich also damit, auf der Bank im Garten zu sitzen, um Mika und Jake beim Fußballspielen zu-zugucken. Die beiden lachten und hatten so viel Spaß, dass ich Mika für seine Fähigkeit, sich auf den so viel jüngeren Jake ein-zulassen, bewunderte. Es war schon fast dunkel, als die beiden sich erschöpft links und rechts neben mich auf die Bank plumpsen ließen. Während Jake kurze Zeit später ins Haus lief, um etwas zu trinken zu besorgen, beugte Mika sich zu mir runter, legte eine Hand in meinen Nacken und zog mich sanft an sich heran. „Bis morgen, Prinzessin“, flüsterte er und küsste mich sanft auf den Mund. Dann stand er auf und machte sich auf den Weg nach Hause.

Die Frau an der Garderobe reichte den leicht bekleideten Mädchen zwei Strickjacken und wandte sich dann den anderen Besuchern der Disco zu. Die Mädchen verließen das „Moonlight", wobei sie sich lachend aneinander festhielten. Dass allerdings nicht nur ihre ausgelassene Stimmung Ursache dafür war, bewies die Tatsache, dass zumindest die Blonde auf ihren hohen Schuhen fast umknickte. Sie hatte eindeutig zu viel getrunken. Vor allem die plötzliche Sauerstoffzufuhr machte ihr zu schaffen. Die beiden Mädchen lehnten sich ein paar Schritte weiter an einer mit Graffiti besprühten Hauswand an. Plötzlich drehte das blonde Mädchen sich zur Seite und übergab sich. Sie war daher zu beschäftigt, um einzugreifen, als ein großer blonder Mann die Disco verließ und auf die Mädchen zu schlenderte. Er wechselte ein paar Worte mit dem dunkelhaarigen Mädchen. Sie antwortete. Ihre Worte schienen den Mann sehr wütend zu machen, denn er packte das Mädchen grob am Arm. Als sie sich wehrte, stieß er sie so heftig zurück, dass sie umknickte und fiel. Jetzt zeichnete sich statt der genervten Wut, die man vorher auf dem Gesicht des Mädchens erkennen konnte, pure Angst ab. Sie rappelte sich auf, zog am Arm ihrer Freundin und rannte, so schnell es in den Schuhen möglich gewesen war davon. Immer wieder schauten die Mädchen sich über die Schulter nach ihrem Verfolger um. Keuchend blieben die Freundinnen schließlich vor dem Fiat der Schwester stehen, doch diese war noch nicht da. Verzweifelt suchend blickten die beiden Mädchen sich um, doch die Schwester war nicht zu sehen, wohingegen der Mann immer näher kam.

Als Lilja keuchend aufwachte, hatte sie das Gefühl, selber den Weg gerannt zu sein, sogar die Verzweiflung kam wieder hoch. Doch sosehr sie sich auch bemühte, die Erinnerung brach an diesem Punkt ab. Allerdings meinte sie, den Mann schon einmal gesehen zu haben. Auch wenn das Gesicht in ihrem Traum recht verschwommen gewesen war, so hatte seine Gestik dennoch Erinnerungen geweckt. Sie war sich nur nicht sicher, wo sie den hünenhaften Mann gesehen hatte. Ärgerlich schlug Lilja die Decke weg und ging ins Bad.

Summend verließ ich das Haus. Ich hatte richtig gute Laune. Lilja hingegen schien wieder schlecht geschlafen zu haben. Die Ringe unter ihren Augen wurden täglich tiefer und auch so wirkte sie ungewöhnlich ernst und nervös. Nicht einmal mein Vorschlag, am Nachmittag für den Ball shoppen zu gehen, schien sie ernsthaft aufzuheitern. Kurz vor der Schule platzte sie schließlich mit dem Thema, das sie bedrückte, raus. „Ich habe schon wieder von der Unfallnacht geträumt", sagte sie. Ich zuckte zusammen und spürte dabei Liljas Blick, der meine Reaktion genau beobachtet hatte. „Du hast mir nicht die ganze Wahrheit erzählt", stellte sie mit fester Stimme fest. „Da war noch ein Mann in meinem Traum, vor dem wir weggerannt sind." Mir wurde plötzlich kalt, obwohl es draußen sommerlich warm war. Ich fühlte mich so schlecht dabei, meine beste Freundin zu belügen, aber die Wahrheit über den Unfall konnte ich ihr auch nicht erzählen. „Du hattest viel getrunken", murmelte ich ausweichend und wollte mich auf den Weg zu den Fachräumen machen, doch Lilja hielt mich fest. „Bitte, Florina", sagte sie beinahe flehentlich, „vertrau mir doch." „Also gut", stimmte ich schließlich zu. Ich versuche, dir zu erklären, was wirklich passiert ist." Wir kehrten der Schule den Rücken zu. Das war schon das zweite Mal diese Woche, dass ich schwänzte und so langsam meldete sich mein schlechtes Gewissen.

Als wir im Park auf einer Bank saßen, schloss ich die Augen und versuchte, die Ereignisse der Nacht in meinen Gedanken so zusammenzufügen, dass ich sie Lilja zusammenhängend und sinnvoll erklären konnte. Nur diese eine Tatsache, die würde ich ihr niemals sagen können und bei dem Gedanken, dass sie weiter von der Nacht träumen und schließlich selber die Lücke in meinen Erzählungen finden würde, wurde mir jetzt schon schlecht.

„Wir haben die ganze Nacht gefeiert", begann ich. „Du hast jede Menge getrunken, ich durfte nicht, weil ich ja Antibiotika genommen hatte. Irgendwann war dir schlecht. Wir hatten noch ungefähr eine halbe Stunde Zeit, bis wir mit Marika verabredet waren. Weil es dir aber nicht so gut ging, sind wir schon mal an die frische Luft gegangen. Als wir draußen standen, musstest du dich übergeben und ich wurde von so einem ekelhaften Typen angequatscht. Er wollte mich überreden, noch mit ihm nach Hause und feiern zu gehen, aber ich habe natürlich nein gesagt. Daraufhin ist er aggressiv geworden, er hatte definitiv auch zu viel Alkohol getrunken und so wie der drauf war auch noch was anderes eingeschmissen. Wir sind weggerannt, der Typ uns hinterher. Als wir am Auto ankamen, war Marika natürlich noch in der Disco. Als der Typ immer näher kam, haben wir Panik gekriegt. Du hattest den Schlüssel in der Handtasche, also sind wir selber gefahren. Und haben in der Panik Julie nicht gesehen, die über die Straße gelaufen ist." Nachdem ich geendet hatte, sagte Lilja einige Zeit erst mal gar nichts. Schließlich fragte sie mich: „Wieso hast du der Polizei nicht die Wahrheit gesagt? Ich meine, die ganze Geschichte ist schlimm! Aber man hätte mit Sicherheit mehr Verständnis gehabt, wenn bekannt gewesen wäre, dass du aus einer Notsituation heraus Auto gefahren bist." Ich war es leid zu lügen, also sagte ich Lilja in diesem Punkt einfach die Wahrheit: „Weil ich bedroht worden bin."

10

Er hatte sich vorgenommen, heute den Tag mit Steven zu verbringen. Früher hatten sie das oft gemacht. Früher, bevor Steven begonnen hatte, sich so stark zu verändern. Bevor alles komplizierter geworden war. Er sehnte sich nach dieser Zeit zurück. Nach der Zeit, die so viel einfacher gewesen war. „Woran denkst du?", riss Steven ihn aus seinen Gedanken. „Ich dachte, wir zwei könnten heute mal wieder was unternehmen", schlug Mika vor. „Gute Idee", befand Steven und für einen Moment vertrieb ein freundliches, jugendliches Funkeln den beinahe allgegenwärtigen Hass aus seinen Augen. „Wollen wir als erstes Julie besuchen?", fragte er. Mika nickte zustimmend.

Wenig später schlenderten die beiden nebeneinander die Straße entlang. „Du hast schon lange nichts mehr von Florina erzählt", stellte Steven unvermittelt fest. „Wie läuft's?" „Ich gehe bald mit ihr zum Sommerball", erzählte er. „Aber lass uns heute nicht von Florina reden, ich möchte den Tag einfach so genießen." Steven warf ihm zwar einen kritischen Blick zu, sprach das Thema aber für den Rest des Tages nicht mehr an.

Genervt steckte ich mein Handy zurück in die Tasche. Schon zum dritten Mal hatte ich nur Mikas Mailbox erreicht. Dann halt nicht, dachte ich mir. Würde ich eben was mit Jake machen. Jake saß gerade in seinem Zimmer und machte Hausaufgaben, als ich reinkam und fragte, ob er Lust hätte ins Freibad zu gehen. „Au ja!", schrie er, ließ alles stehen und liegen und stürmte an mir vorbei nach draußen.

Lilja merkte, dass ihr die ganze Geschichte langsam über den Kopf wuchs. Sie verfluchte sich selbst dafür, dass ihr die Erinnerungen an den Unfall größtenteils noch immer fehlten. Ständig erfuhr sie von Florina neue Bruchstücke der Geschichte, die das Geschehen in ein anderes Licht rückten. Mittlerweile war sie selber unsicher, was sie noch glauben sollte. Um die düsteren Gedanken zu vertreiben, beschloss sie, die letzten Einkäufe für den Sommerball zu machen. Mittlerweile war nur noch knapp eine Woche Zeit und die idealen Schuhe hatte sie noch immer nicht gefunden. Sie griff nach ihrem Handy. „Kommste mit shoppen?", fragte sie Florina. „Ich bin gerade noch mit Jake im Freibad, aber in einer Stunde kann ich in der Stadt sein. Ich habe noch immer kein Kleid." „Ich hab's mir gedacht", antwortete Lilja. „Bis gleich."

Obwohl ich noch Jake zu Hause abliefern musste und eine halbe Stunde zu spät kam, war Lilja noch immer nicht da. Ich setzte mich auf den Brunnen in die Mitte des Markplatzes. In der prallen Sonne schlenderten Pärchen Händchen haltend durch die Stadt, Kinder schleckten ihr Eis und ältere Leute saßen in den Cafés und tranken Kaffee. Mein Handy klingelte, Mikas Nummer auf dem Display. „Hey", sagte ich. „Moin. Ich war mit Steven unterwegs, deshalb hab ich mich nicht gemeldet", erklärte Mika. „Sehen wir uns heute noch?" „Ich bin gerade mit Lilja in der Stadt verabredet, ein Kleid für den Ball kaufen. Aber du kannst heute Abend vorbeikommen." „Ist gut", sagte Mika. „Bis dann." Als ich mein Handy wieder in die Tasche steckte, bog endlich Lilja um die Ecke.

Drei Stunden, fünf Läden, vierzehn Kleider und gefühlte hundert Paar Schuhe später machten Lilja und ich uns schließlich erschöpft, aber rundum zufrieden mit der Ausbeute auf den Weg nach Hause. Ich hatte mir ein kurzes, trägerloses, bis zur Taille knallenges weißes Kleid, das meine Haut zum Strahlen brachte, und weinrote, offene High Heels gekauft, Lilja mit Strasssteinchen besetzte blaue High Heels, die farblich toll zu ihrem bodenlangen, fließenden, türkisen Kleid passten. „Der Sommerball kann kommen", stellte Lilja fest. Da konnte ich ihr nur zustimmen, auch wenn ich dabei mehr an unsere Dates als an unsere Outfits dachte.

Mika wartete schon draußen, als ich zu Hause ankam. Auch wenn wir jetzt schon länger zusammen waren, bekam ich noch immer ein Kribbeln im Bauch, wenn ich ihn sah. Er war aber auch wirklich verdammt heiß. Sein Mund verzog sich zu dem vertrauten, anbetungswürdigen schiefen Lächeln, als ich näher kam. Ich ließ meine Tüten fallen, als er mich in seine Arme zog, und schlang meine Arme um seinen Hals. Nachdem wir uns eine kleine Ewigkeit später schwer atmend voneinander lösten, beschlossen wir, ganz entspannt im Garten zu chillen, weil ich Mama und Papa versprochen hatte, auf Jake aufzupassen. Er konnte zwar mittlerweile alleine bleiben, gerne tat er das allerdings nicht. Also nahmen Mika und ich uns eine Decke mit nach draußen, zündeten die Windlichter an und legten uns in die Hängematte, die zwischen zwei Bäumen hinten in unserem Garten hing. Wir redeten, schwiegen, schauten in die Sterne und küssten uns. Es war ein perfekter Moment. Genau so ein Augenblick, wie man ihn am liebsten für immer speichern würde. Irgendwann schlief ich mit dem Kopf auf seiner Brust in Mikas Armen ein und wachte erst auf, als er mich in mein Bett trug.

Im Schlaf sah sie noch süßer aus als ohnehin schon. Ihn überkam das Bedürfnis, sie beschützen zu wollen, paradox in Anbetracht der Tatsache, dass er es war, der ihr schadete. Sanft strich er eine Strähne aus ihrem Gesicht. Lange noch blieb er einfach in der Hängematte liegen und hielt Florina im Arm. Als es schließlich kalt wurde, hob er sie behutsam hoch, um sie nach oben in ihr Bett zu tragen. Auf dem Weg nach oben wurde sie zwar kurz einmal wach und hielt seine Hand. Aber oben angekommen

murmelte sie schlaftrunken: „Geh nicht, bleib bei mir", sodass
er sich neben sie legte und mit einem Lächeln auf den Lippen
und einem für ihn fast unbekannten warmen Gefühl der Ge-
borgenheit einschlief.

Als ich am nächsten Morgen aufwachte, schwankten meine Gefühle zwischen Glück und Entsetzen. Glück, das ich bei dem
Anblick von Mika empfand, der friedlich schlief, seine Hand
noch immer mit meiner verschränkt, und Entsetzen darüber,
dass ich gleich meinen Eltern erklären musste, dass Mika bei
mir geschlafen hatte. Andererseits waren es nur noch zwei Tage
bis zum Ball, daher sollte ich ihn sowieso langsam vorstellen.
Trotzdem war es wahrscheinlich eher ungünstig, mit ihm einfach die Treppe hinunterzuspazieren und sich an den Frühstückstisch zu setzen. In diesem Moment drehte Mika sich zur
Seite und blinzelte verschlafen. Orientierungslos schaute er sich
einen Moment um und grinste auf diese süße, leicht schüchterne
Art, als er mich sah. Meine Gefühlswelt spielte verrückt und
der letzte Rest Entsetzen rettete sich auf die Seite meines über-
großen Glücksgefühls.

Es war erschreckend, wie leicht er sich dazu hinreißen hatte
lassen, bei ihr zu schlafen. Ohne zu überlegen, was sie ihren Eltern
erzählen sollte oder er Steven. Ein Blick in ihr verschlafenes,
aber dennoch absolut umwerfendes Gesicht zeigte, warum. Er,
der sich nie etwas aus irgendwelchen Mädchen gemacht hatte,
hatte sich verliebt.

Dank Jake verlief sogar das Frühstück einigermaßen entspannt,
obwohl Florinas Eltern ziemlich geschockt guckten, als sie gemeinsam die Treppe hinunter kamen. Wer könnte es ihnen ver-
übeln?

Steven war da weniger entspannt. Dass Mika die Nacht über ohne sich zu melden wegblieb, störte ihn zwar kaum, die Tatsache, dass seine Bindung zu Florina immer enger wurde, hingegen schon.

Die Frau an der Garderobe reichte den leicht bekleideten Mädchen zwei Strickjacken und wandte sich dann den anderen Besuchern der Disco zu. Die Mädchen verließen das „Moonlight", wobei sie sich lachend aneinander festhielten. Dass allerdings nicht nur ihre ausgelassene Stimmung Ursache dafür war, bewies die Tatsache, dass zumindest die Blonde auf ihren hohen Schuhen fast umknickte. Sie hatte eindeutig zu viel getrunken. Vor allem die plötzliche Sauerstoffzufuhr machte ihr zu schaffen. Die beiden Mädchen lehnten sich ein paar Schritte weiter an einer mit Graffiti besprühten Hauswand an. Plötzlich drehte das blonde Mädchen sich zur Seite und übergab sich. Sie war daher zu beschäftigt, um einzugreifen, als ein großer blonder Mann die Disco verließ und auf die Mädchen zu schlenderte. Er wechselte ein paar Worte mit dem dunkelhaarigen Mädchen. Sie antwortete. Ihre Worte schienen den Mann sehr wütend zu machen, denn er packte das Mädchen grob am Arm. Als sie sich wehrte, stieß er sie so heftig zurück, dass sie umknickte und fiel. Jetzt zeichnete sich statt der genervten Wut, die man vorher auf dem Gesicht des Mädchens erkennen konnte, pure Angst ab. Sie rappelte sich auf, zog am Arm ihrer Freundin und rannte, so schnell es in den Schuhen möglich gewesen war, davon. Immer wieder schauten die Mädchen sich über die Schulter nach ihrem Verfolger um. Keuchend blieben die Freundinnen schließlich vor dem Fiat der Schwester stehen, doch diese war noch nicht da. Verzweifelt suchend blickten die beiden Mädchen sich um, doch die Schwester war nicht zu sehen, wohingegen der Mann immer näher kam. Panik machte sich bei den Mädchen breit und verzweifelt diskutierten sie ihre Möglichkeiten. Der Weg zur Disco war durch den Mann abgeschnitten, in der anderen Richtung lag nur ein gruseliger Wald.

Als Lila aufwachte, wunderte sie sich nicht einmal mehr über den Traum, sondern war nur genervt darüber, eine weitere Nacht um ihren Schlaf gebracht worden zu sein.

An diesem letzten Nachmittag vor dem Sommerball hatten wir alle Hände voll zu tun. Liljas Mutter spannte jeden ein, der ihr über den Weg lief. Mika, Lilja, Julien und ich wurden damit beauftragt, unzählige Lampions in den Bäumen aufzuhängen. Der Ball würde auf einer riesigen Lichtung, größtenteils draußen stattfinden. Einige Männer waren dabei, ein großes, weißes Zelt aufzubauen. Andere verlegten Holzdielen, damit die Mädchen mit ihren High Heels nicht stecken bleiben würden. „Es würde toll aussehen, wenn weiter oben noch Lampions hängen würden", überlegte Lilja. Mika gab Julien ein Zeichen, und bevor ich realisierte, was die zwei vorhatten, hatte dieser mich hochgehoben und auf Mikas Schultern gesetzt. Unter einigen Verrenkungen und Bauchschmerzen vor Lachen hängten wir die restlichen Lampions auf. Wir hatten jede Menge Spaß. Als wir schließlich fertig waren, legten wir uns außer Atem nebeneinander auf den Rasen und tranken den beliebten Sommercocktail von Liljas Mutter. „Das ist das erste Mal in meinem Leben, dass ich richtige Freunde habe", flüsterte Mika und nahm meine Hand.

An diesem Abend fiel ihm das Einschlafen sehr schwer. So viel Spaß er gehabt hatte, so schlecht ging es ihm jetzt. Fremde Menschen zu verletzen fiel ihm nicht leicht. Aber den Menschen wehzutun, die man mochte, war schmerzhaft, fast unmöglich. Und Florina und ihre Freunde waren ihm sehr ans Herz gewachsen. Wenn die Dinge anders lägen, hätte er sich auf den morgigen Tag gefreut. Die ganze Stadt stand aufgrund des Balls Kopf und jeder Einzelne investierte Herzblut, um den Abend unvergesslich zu machen. Das Mädchen, mit dem er hingehen würde, war mit Abstand die schönste und tollste Frau, der er jemals begegnet war. Aber da war immer noch Steven, dem er bedingungslos loyal gewesen war, solange er denken konnte. Der Mensch, der dem kleinen Waisenjungen ein Zuhause gegeben hatte. Der ihm beigebracht hatte, was Familie bedeutete.

11

Am Morgen des Balls war ich schrecklich nervös. Ich wurde schon um kurz nach sechs Uhr wach und konnte partout nicht mehr einschlafen. In der Küche, wo ich mir ein Glas Milch holen wollte, traf ich Jake, der munter Müsli löffelte. „Was machst du denn schon so früh hier?", fragte ich ihn erstaunt. „Ich freu mich sooo sehr auf heute Abend, dass ich nicht mehr schlafen kann", erklärte mein kleiner Bruder mit großen Augen. In Glückstadt war es Tradition, dass die Erwachsenen um acht, nachdem sie gemeinsam mit den jüngeren Kindern den Sommerball verließen, noch gemeinsam bei einer Familie etwas trinken gingen. Dieses Jahr durfte Jake das erste Mal alleine bleiben, darauf war er ziemlich stolz. Leah, unser Nachbarskind, deren Eltern ebenfalls mit meinen unterwegs sein würden, würde bei ihm übernachten. „Du bist süß", stellte ich fest, und strich ihm im Vorbeigehen über den Kopf.

Er hatte sich extra für den Ball ein neues Sakko besorgt. Steven hatte ihn zwar verächtlich angesehen, aber zumindest das war er Florina, die sich sehr auf den Ball zu freuen schien, schuldig. Jetzt musste er nur noch Blumen besorgen.

Zum Duschen. Anziehen und Schminken brauchte ich insgesamt beinahe zwei Stunden, was jedoch immer noch kein Vergleich zu Liljas fünf Stunden darstellte. Pünktlich um halb fünf klingelte Mika, um uns abzuholen. „Du siehst absolut umwerfend aus", stellte er fest und sah bewundernd an mir herunter. Vor dem

„Cupcake" trafen wir uns mit Liljas Familie, das heißt mit Lilja, Julien, Marika, deren Freund und ihrem Vater. Liljas Mutter war schon im Zelt, um den Rest vorzubereiten.

Als wir die Lichtung betraten, verschlug die Deko mir den Atem. Die angezündeten Lampions warfen einen Lichtschlimmer auf die Bäume und zahlreiche Fackeln ließen das Zelt in der Mitte erstrahlen. Zwei von den jüngeren Mädchen brachten uns zu unseren Plätzen an einer der langen Tafeln im Zelt. Liljas Mutter wuselte noch geschäftig hin und her, setzte sich dann schließlich zu uns, nur um gleich darauf wieder aufzuspringen, um die Begrüßungsrede zu halten. Während sie redete, schaute ich mich im Zelt um. Viele der Mädchen hatten es mal wieder ziemlich übertrieben und sahen im Endeffekt aus wie in Bonbonpapier eingewickelt, aber einige hatten große Stilsicherheit und Eleganz bewiesen. Lea beispielsweise hatte ein schickes, knappes, graues Cocktailkleid mit tief ausgeschnittenem Rücken an und Marlene zog in ihrem bodenlangen weißen Kleid bewundernde Blicke auf sich. „Du siehst von allen am zauberhaftesten aus", flüsterte Mika und nahm meine Hand. In diesem Moment war alles perfekt. Mit Mika zusammen zu sein fühlte sich absolut richtig an.

Wenig später wurde das Essen serviert und nach dem traditionellen Vater-Tochter-Tanz war der offizielle Teil des Festes beendet. Die Erwachsenen verließen nach und nach die Veranstaltung und die Musik wechselte von klassisch zu fetziger Partymusik. Lilja, Julien, Mika, einige aus der Clique und ich stellten uns an die Cocktailbar. „Ich lieeeebe diesen Ball!", schwärmte Mia und ich konnte ihr nur zustimmen.

Als das Zelt immer wärmer und die Luft immer schlechter wurde, griff Mika irgendwann nach meiner Hand und zog mich über die Tanzfläche bis nach draußen. Seine Wangen glühten und seine Augen funkelten, als er mich am Waldrand hochhob und leidenschaftlich küsste. Ich vergrub meine Hände in seinen Haaren und erwiderte seinen Kuss. Plötzlich klingelte mein Handy. Genervt über die unwillkommene Unterbrechung wollte ich erst nicht rangehen, entschied mich dann aber doch anders, weil Jake mit Leah alleine war. „Hallo Süße", raunte eine ekelhafte Stimme in mein Ohr. „Erinnerst du dich noch an mich? Wir sind uns schon einmal begegnet. Aber damals hattest du es so eilig, dass du ein Mädchen überfahren hast." Ein eisiger Schauer überkam mich. Ich wollte das Handy wegwerfen, doch ich war wie gelähmt. „Es ist an der Zeit, dass du dafür bezahlst. Ich erwarte dich in spätesten zehn Minuten. Den Standort schicke ich dir über WhatsApp. Und damit du nicht auf die Idee kommst mich zu versetzen: lass dir gesagt sein, dass Leah nicht besonders gut auf deinen kleinen Bruder aufgepasst hat." Während er ekelhaft ins Telefon lachte, hörte ich im Hintergrund den Schrei eines Kindes. Den meines Bruders. Meine Schreckensstarre löste sich in dem Moment, als ich Jakes Stimme erkannte. Ich ließ das Handy fallen und rannte blind drauflos. Die Angst um meinen Bruder schnürte mir beinahe die Luft ab. Hinter mir hörte ich Schritte. Mika schloss zu mir auf, hatte mich bald eingeholt.

Während des Anrufes wich alle Farbe aus ihrem, vom Tanzen geröteten Gesicht. Sie sackte in sich zusammen, wirkte verletzlich wie ein Kind. Dann schließlich ließ sie ihr Handy fallen und rannte, als wäre der Teufel hinter ihr her blind in den Wald hinein. Er sah sich um. Niemand schien die Szene bemerkt zu haben. Rasch setzte er Florina hinterher und hatte sie bald eingeholt. Zum Glück wusste er, welchen Weg sie nehmen mussten.

Ich rannte und rannte. Die Angst um Jake ließ mich meine Erschöpfung vergessen. Meine Lungen schrien nach Luft, doch meine Gedanken waren bestimmt von dem Ziel Jake zu finde, koste es, was es wolle. Plötzlich blieb ich stehen. Wohin rannte ich überhaupt? Wohin musste ich? Tränen brannten in meinen Augen. Ich konnte keinen klaren Gedanken fassen. Suchend tastete ich nach meinem Handy, um den Standort anzuschauen. Ich wühlte in meiner Handtasche, suchte meine Hosentaschen ab.

Das Handy war weg. Eisige Kälte bereite sich in mir aus, als mir klar wurde, dass ich mein Handy, das mir sowohl den richtigen Weg gewiesen als auch Kontakt zur Außenwelt ermöglicht hätte, achtlos ins Gras geworfen hatte. Da stand ich nun mit von den Dornen zerkratzen nackten Füßen und zerfetztem Kleid irgendwo im Wald, ohne Chancen meinen Bruder zu finden. Tränen der Ohnmacht rannen über meine Wangen. Ich war völlig kopflos. Ohne Handy war ich verloren. Wenn ich das nicht sowieso war. „Florina, kommst du?", rief Mika ungeduldig, der einige Schritte weiter innegehalten hatte. Automatisch stolperte ich auf ihn zu. Dann jedoch schoss mir ein Gedanke durch den Kopf, der mich ruckartig anhalten ließ. „Moment …", sagte ich gedehnt. „woher weißt du, wo wir hinmüssen?" Misstrauisch sah ich Mika an, aus dessen Gesicht alle Farbe gewichen war. „Ich … ich … was … wie …", begann Mika zu stottern und in diesem Moment wurde mir klar, dass Mika nicht auf meiner Seite stand. Dass der Junge, den ich liebte, mich verkauft hatte und ausliefern wollte. Mir wurde heiß, dann kalt. Schließlich war mir nur noch kotzübel und schwindelig. Ich schwankte und fasste mir mit beiden Händen an den Kopf. Wie hatte ich so blind sein können? Alles passte zusammen. Woher hätte der Telefontyp, der Typ, vor dem ich damals an jenem schrecklichen Abend davongerannt war, der Typ, der mich so sehr belästigt hatte, dass wir geflohen waren, und dabei ein Mädchen überfahren hatten, wissen können, dass mein Bruder alleine zu Hause war? Das Wissen, dass meine erste große Liebe nur eine große Lüge war und das Wissen, dass ich niemals in der Lage sein würde, aus dieser Situation herauszukommen und meinen Bruder zu retten, war zu viel. Der Gefühlssturm, der mich überkam, war völlig überwältigend. So sehr ich mich dagegen zu wehren versuchte, verschwamm der Wald zunehmend vor meinen Augen. Die Bäume drehten sich. Ich spürte den stechenden Schmerz in meinem Knöchel, als ich fiel, dann wurde alles schwarz.

Langsam begann Lilja sich Sorgen zu machen. Zum Knutschen zu verschwinden schön und gut, aber Florina und Mika waren jetzt schon ziemlich lange weg. Eigentlich war es nicht Floris Art, sie ohne nähere Erklärungen auf einer Party sitzen zu lassen. Weil ihr außerdem sowieso langsam schwindelig von der heißen, alkoholisierten Luft wurde, beschloss sie nachsehen zu gehen. Nachdem sie Julien Bescheid gesagt hatte, verließ sie das Zelt und begann die Lichtung abzusuchen. Als sie das Veranstaltungsgelände schon einmal fast komplett umrundet hatte, aber noch immer keine Spur von Florina oder Mika gesehen hatte, leuchtete plötzlich ganz in ihrer Nähe das Gras auf. Sie ging etwas näher und erkannte Florinas Handy. Ein beklemmendes Gefühl breitete sich in ihrer Brust aus. WhatsApp war geöffnet und der Standort einer unbekannten Nummer wurde angezeigt. Noch bevor Lilja das Festzelt wieder erreicht hatte, wurden die pochenden Kopfschmerzen heftiger, dass sie auf der Wiese zusammenbrach.

Die Frau an der Garderobe reichte den leicht bekleideten Mädchen zwei Strickjacken und wandte sich dann den anderen Besuchern der Disco zu. Die Mädchen verließen das „Moonlight", wobei sie sich lachend aneinander festhielten. Dass allerdings nicht nur ihre ausgelassene Stimmung Ursache dafür war, bewies die Tatsache, dass zumindest die Blonde auf ihren hohen Schuhen fast umknickte. Sie hatte eindeutig zu viel getrunken. Vor allem die plötzliche Sauerstoffzufuhr machte ihr zu schaffen. Die beiden Mädchen lehnten sich ein paar Schritte weiter an einer mit Graffiti besprühten Hauswand an. Plötzlich drehte das blonde Mädchen sich zur Seite und übergab sich. Sie war daher zu beschäftigt, um einzugreifen, als ein großer blonder Mann die Disco verließ und auf die Mädchen zu schlenderte. Er wechselte ein paar Worte mit dem dunkelhaarigen Mädchen. Sie antwortete. Ihre Worte schienen den Mann sehr wütend zu machen, denn er packte das Mädchen grob am Arm. Als sie sich wehrte, stieß er sie so heftig zurück, dass sie umknickte und fiel. Jetzt zeichnete sich statt der genervten Wut, die man vorher auf dem Gesicht des Mädchens erkennen konnte, pure Angst ab. Sie rappelte sich auf, zog am Arm ihrer Freundin und rannte, so schnell es in den Schuhen möglich gewesen war, davon. Immer wieder schauten die Mädchen sich über die Schulter nach ihrem Verfolger um. Keuchend blieben die Freundinnen schließlich vor dem Fiat der Schwester stehen, doch diese war noch nicht da. Verzweifelt suchend blickten die beiden Mädchen sich um, doch die Schwester war nicht zu sehen, wohingegen der Mann immer näher kam. Panik machte sich bei den Mädchen breit und verzweifelt diskutierten sie ihre Möglichkeiten. Der Weg zur Disco war durch den Mann abgeschnitten, in der anderen Richtung lag nur ein gruseliger Wald. Vor Panik begann die Kleinere zu heulen. Die Blonde, die durch den Schock wieder einigermaßen nüchtern geworden schien, handelte schließlich. Sie schloss den Wagen auf, schubste ihre Freundin hinein und setzte sich selbst ans Steuer. Der Mann hatte die beiden mittlerweile erreicht und langte nach dem Türgriff. Rasant fuhr das Mädchen an. „STEVEN!!!", schrie ein Mädchen und rannte quer über die Straße. „Spinnst du völlig?" Das blonde Mädchen versuchte noch durch hektisches Lenken dem rennenden Mädchen auszuweichen, hatte das Auto aber nicht genügend unter Kontrolle. Das Auto erwischte das Mädchen. Die Blonde, natürlich nicht angeschnallt, knallte mit ihrem Kopf auf das Armaturenbrett. Die Erinnerung wurde an dieser Stelle schwarz und die Stimmen drangen nur noch wie durch Watte durch sie hindurch. „Das wirst du mir büßen, du Schlampe! Hättest du dich nicht so zimperlich angestellt, wäre meiner Schwester niemals etwas passiert."

An dieser Stelle wurden Liljas Erinnerungen endgültig schwarz.

Als ich wieder zu mir kam, fand ich mich, an eine Baumwurzel gelehnt auf einer kleinen, von Unterholz freien Stelle im Wald wieder. Mika musste mich hergetragen haben. Jener saß mit dem Rücken zu mir auf einem Baumstamm neben dem Mann, der mich seit Monaten bis in meine Träume verfolgte. Dennoch war Mikas Anblick noch weitaus schlimmer zu ertragen. Eisige Splitter bohrten sich in mein Herz, ich zitterte am ganzen Körper. Der Schmerz, das Gefühl, hintergangen und verraten worden zu sein, das überwältigende Gefühl des Verlustes von der Person, der ich mein Herz geöffnet hatte, drohten mich zu übermannen. Einzig die Sorge um Jake hielt mich bei Bewusstsein. Die beiden unterhielten sich jedoch so leise, dass ich kein Wort verstehen konnte. Jake war nirgendwo zu sehen. Als sich der große blonde Mann umdrehte, schloss ich schnell die Augen, um zu verheimlichen, dass ich wieder bei Bewusstsein war. Bevor ich den Männern gegenüberstehen würde, wollte ich versuchen, meine Gedanken zu ordnen und vorbereitet zu sein. Falls man auf so eine Situation überhaupt vorbereitet sein konnte. Jeder Gedanke an Mika, der mir so viel bedeutete, tat unendlich weh, aber ich wusste, dass ich, sofern ich wenigstens minimale Chancen haben wollte, meine verletzten Gefühle ignorieren musste. Der schmierige Typ war Julies Bruder. Unbegreiflich, wie mir diese Verbindung so lange hatte verborgen bleiben können. Allerdings hatte ich die Gedanken an die Nacht verdrängt und vor allem wenig über eine bestehende Verbindung zwischen dem Mädchen, das wir überfahren hatten, und dem Typen, der mich belästigt und bedroht hatte, nachgedacht. Andererseits ergab alles einen Sinn. Julie hatte beobachtet, wie Steven mich bedrängt und verfolgt hatte. Weil er ihr Bruder war, wollte sie ihn davon abhalten, eine Dummheit zu begehen und war deswegen über die Straße gerannt. Und Steven hielt jetzt die Verletzung meines Bruders für die gerechte Strafe dafür, dass wir seine Schwester verletzt hatten. Nur Mikas Verhalten ergab für mich keinen Sinn. Was hatte er mit diesem schrecklichen Typen zu tun? Schritte näherten sich. „Wann wacht das Püppchen endlich auf?“, knurrte Julies Bruder und verpasste mir einen Fußtritt. Beinahe hätte ich aufgeschrien, beherrschte mich aber gerade noch. „Steven, bitte“, sagte Mika, zwar untergeben, aber mit fester Stimme. In diesem Moment fiel es mir wie Schuppen von den Augen. Mikas hochheiliger Steven war genau der Typ, der mich belästigt hatte und von dem ich nach dem Unfall bedroht worden war. „Ich kann nicht begreifen, wie du mich so hintergehen konntest!“, fauchte ich, unfähig länger tatenlos rumzusitzen. „Florina, hör …“, setzte Mika an, wurde jedoch barsch von Steven unterbrochen. „Das Reden überlässt du besser mir“, sagte er. „Du hast deine Aufgaben hervorragend erfüllt. Kopf verdrehen, Katze töten, Mandeln in den Kartoffelbrei …" Steven sprach völlig emotionslos, beobachtete aber meine Reaktion mit Adleraugen. Ich beugte mich zur Seite und übergab mich.

Als Lilja wieder zu sich kam, hatte sie noch immer stechende Kopfschmerzen. Um sie herum hockten einige Menschen. Mia reichte ihr ein Glas Wasser, doch sie rappelte sich auf, ignorierte, dass ihr sofort wieder schummrig vor den Augen wurde und griff nach Juliens Hand. „Ich bin damals gefahren und jetzt ist Florina im Wald und hat kein Handy und der Typ wird ihr weiß Gott was antun und SCHEISSE, JULIEN, TU WAS", schrie sie, während sie vor Verzweiflung hemmungslos zu schluchzen begann.

In diesem Moment schrie mein Bruder meinen Namen. Entsetzt fuhr ich herum und musste sehen, wie mein kleiner Bruder an einen Baum gefesselt gegen die Seile ankämpfte. Der Anblick von meinem leidenden Bruder löste in mir so einen Gefühlsausbruch aus, dass ich mich auf Steven stürzte und mit aller Kraft meine Faust in sein Gesicht krachen ließ. Der Schmerz, der mein Handgelenk durchzuckte, ließ mich zurücktaumeln. Steven versetzte mir, eine Hand an der blutenden Nase, einen Stoß, der mich brutal zu Boden warf. Dann ließ er mich von Mika fesseln. Von Mika, den ich liebte. Von Mika, der noch immer glaubte, ich hätte Julie auf dem Gewissen, weil ich aus Spaß ohne Führerschein durch die Nacht gecruist war. Mir wurde klar, dass die einzige Chance, die ich noch hatte, war, Mika die Wahrheit zu sagen, die Geschichte, die ich, um Lilja zu schützen, niemals erzählen wollte. Dass wir belästigt worden waren, hatte ich mich vor Gericht wegen Steven nicht zu sagen getraut und dann war es mir vernünftiger vorgekommen zu sagen, dass ich gefahren war. Schließlich hatte ich „nur" keinen Führerschein und war nicht auch noch total betrunken gewesen. Jetzt hingegen war meine Unschuld an dem Unfall vielleicht meine einzige Chance, allerdings würde Steven mir kaum die Gelegenheit geben, Mika die Wahrheit zu sagen. Hinter meinem Rücken gab ich Jake ein Zeichen, Radau zu machen. Hoffentlich, betete ich im Stillen, würde mein Bruder mein Zeichen verstehen und Steven lange genug beschäftigen können. Als Jake augenblicklich anfing, sirenenartiges Gebrüll auszustoßen, ging Steven knurrend hinüber. Sofort lehnte ich mich, soweit es meine Fesseln zuließen, zu Mika herüber. „Mika", zischte ich, „hör mir zu! Das ist das Mindeste, was du mir nach all dem schuldig bist, meinst du nicht auch?" Widersprüchliche Gefühle zeichneten sich auf Mikas Gesicht ab, schließlich kam er aber, wenn auch widerstrebend, zu mir hinüber. „Steven belügt dich, Mika, und er nutzt dich aus." Ich suchte nach den richtigen Worten. „Was hat er dir gesagt? Hat er gesagt, ich hätte seine Schwester im Suff überfahren? Hat er das? Und du hast ihm geglaubt, richtig? Hast nichts infrage gestellt, obwohl du mich kennengelernt hast. Hast du mir das wirklich zugetraut?" Ich merkte selber, wie bitter ich die Worte ausspuckte und Mika sah aus, als hätte ihn jemand geschlagen. „Florina …", setzte er an. „Nein, Mika, du hörst mir jetzt zu. Willst du wissen, wie es wirklich war? Willst du die dreckige Wahrheit über deinen tollen Steven hören?" „Bitte Florina, er ist nicht immer so, es ist nur …" Als Mika auch noch begann, diesen Mistkerl zu verteidigen, rastete ich komplett aus. „Verdammt, er hat versucht mich zu vergewaltigen!", schrie ich in Mikas geschocktes Gesicht. „Jetzt verteidige ihn nicht auch noch!" Im Augenwinkel sah ich, wie Steven sich aufgrund der Lautstärke skeptisch umdrehte, Jake verstand jedoch sofort und begann wild um sich zu treten und zu schreien, sodass Steven wieder abgelenkt wurde. „Lili und ich sind geflohen, aber er ist hinter uns her gerannt", erzählte ich weiter. „Wir konnten nirgendwo hin, also sind wir ins Auto. Lilja ist gefahren, ich war viel zu fertig. Ich konnte gar nicht mehr. Julie wollte uns helfen. Ich habe erst jetzt verstanden, dass sie Stevens Schwester ist, sie hat versucht ihn davon abzuhalten, uns etwas anzutun." Mika geriet ins Schwanken. Ich merkte, dass zumindest ein Teil von ihm mir glaubte, gleichzeitig aber wollte oder konnte er Steven nicht infrage stellen. Verzweifelt suchte ich nach passenden Worten. Irgendwie musste ich Mika auf meine Seite ziehen. Jake und ich waren beide gefesselt, außer mit Worten konnten wir nichts ausrichten. „Julie liegt im Koma, weil sie mich schützen wollte, verstehst du?", fragte ich. „Steven ist derjenige, der seiner Schwester wirklich geschadet hat, nicht wir. Hätte er uns nicht verfolgt, wäre Julie nicht über die Straße gerannt." Man konnte förmlich sehen, wie es in Mikas Gehirn arbeitete. Einen Moment glaubte ich, ihn überzeugt zu haben, dann spürte ich ein Messer an meinem Hals, und Mikas Augen wurden wieder kalt.

Er wusste nicht mehr, was er noch glauben sollte. Es tat ihm im Herzen weh, Florina leiden zu sehen. Andererseits war alles von Anfang an auf diese Situation hinausgelaufen. Er hätte Genugtuung darüber empfinden müssen, dass alles nach Plan gelaufen war und Florina ihre gerechte Strafe bekommen würde. Das Problem war nur, dass ein Teil seines Herzens nicht glaubte, dass die Situation gerecht war. Florinas Worte hatten ihn vollkommen aus dem Konzept gebracht. Was, wenn sie die Wahrheit sagte, und Steven ihn angelogen hatte? Was, wenn er auf der falschen Seite stand und er das Mädchen, das er liebte, verraten, ihren Bruder in Lebensgefahr gebracht und einen verlogenen ekelhaften Mistkerl unterstützt hatte. Abwechselnd wurde Mika heiß und kalt.

Als die Schneide des Messers ihren Hals berührte, schrie Florina leise auf. „Mika, zerstör nicht meine Familie, weil du an deiner hängst. Denk darüber nach, was ich gesagt habe. Steven hat zerstört. Ich hab nichts gemacht. Ich war schon damals Opfer, nicht Täter." Dann kniff Florina die Augen zusammen und verzog das Gesicht, als ein dünnes Rinnsal Blut ihren Hals hinunterlief. „Wirst du jetzt still sein?!", polterte Steven. Verzweifelt wandte Mika sich ab.

Er drehte sich einfach um. Tränen der Ohnmacht sammelten sich in meinen Augen. Wütend blinzelte ich sie weg. Diese Genugtuung wollte ich Steven nicht gönnen. „Hör zu, Süße", setzte dieser mit samtweicher, schleimiger Stimme an. „Weil ich heute gut drauf bin, hast du die Wahl. Ich mache dir ein Angebot. Ich binde dir einen Arm los", er fuhr mit den Fingerspitzen meinen Arm entlang. Bei der Berührung bekam ich eine Gänsehaut und musste mich schütteln. „Dann bekommst du die Chance, dich selber zu töten und als Dank für die Arbeitserleichterung", er ließ sein ekelhaftes Lachen hören, „lassen wir deinen Bruder gehen, nachdem wir ihn davon überzeugt haben, glaubhaft zu versichern, dass du aus Schuldgefühlen Selbstmord begangen hast." „Ganz schlechter Plan", urteilte ich. „Und Möglichkeit zwei?" „Wir töten erst deinen Bruder und dann dich", sagte Steven kalt und hart. „Lass dir nicht so viel Zeit zum Überlegen."

Er war so ein Idiot gewesen. Wie hatte er Stevens Geschichte jemals glauben können? Er zwang sich, einen kühlen Kopf zu behalten. In dem Moment, in dem Steven Florina das Messer an die Kehle gehalten hatte, hatte es in seinem Kopf klick gemacht. Und jetzt konnte er nur handeln und hoffen, dass er nicht zu spät die Seite gewechselt hatte. Florinas Anblick in Stevens Gewalt konnte er nicht länger ertragen. Da Steven gerade voll und ganz auf Florina konzentriert war und sich an seiner Macht aufgeilte, beschloss Mika, als Erstes Jake zu helfen. Unauffällig schlenderte er zu Jakes Baum und holte sein Taschenmesser aus der Hosentasche. Erschrocken riss der kleine Junge, der einst so bewundernd zu ihm aufgeblickt hatte, die Augen auf und presste sich an den Baumstamm. „Keine Sorge", flüsterte Mika. „Beweg dich nicht." Mit einem gekonnten Schnitt durchtrennte er die Seile. „Bleib stehen und warte", zischte er Jake zu. Hoffentlich würde der Junge mitdenken und nicht aus Angst abhauen.

„Deine Freundin ist ganz schön widerspenstig", rief in diesem Moment Steven herüber. Erschrocken zuckte Mika zusammen.

„Hol mal die Tabletten aus dem Wagen." „Der Bruder macht Probleme", rief Mika zurück und gab Jake ein Zeichen zu schreien. „Geh lieber du zum Wagen." Vor sich hin schimpfend entfernte sich Steven von der gefesselten Florina und lief in Richtung Auto. Mika wusste, dass das seine einzige Chance war. Er rannte zurück zu Florina, die ihn flehentlich anschaute, und machte sich an ihren Fesseln zu schaffen. Ihm fehlten noch zwei Seile, als Florina entsetzt wisperte: „Scheiße, Mika, du bist nicht schnell genug. Steven kommt zurück." In diesem Moment hatte Steven entdeckt, was Mika tat. Aufs Übelste fluchend setzte er über einen Baumstamm und rannte auf die beiden zu.

Mika würde es niemals schaffen, mich rechtzeitig zu befreien, bevor Steven bei uns war. Und dann würden wir endgültig verloren sein. Nur noch wenige Meter trennten Steven von uns und Mika kämpfte noch immer mit dem letzten Seil. In diesem Moment schoss eine kleine Gestalt von der Seite auf Steven zu und schmiss sich mit einer Grätsche vor seine Füße. Steven konnte gerade noch überrascht gucken, bevor er zu Boden krachte. In diesem Augenblick riss das letzte Seil und Mika zog mich auf die Füße. Jake hatte sich längst wieder aufgerappelt. Ich nahm seine Hand und rannte. Kreuz und quer durch das Unterholz flohen wir, Steven war uns dicht auf den Fersen. Auch wenn wir verdammt schnell waren, Jake war noch ein Kind und mit jeder Sekunde kam Steven näher. Meine blutigen Füße spürte ich längst nicht mehr, von meinem Kleid waren lediglich noch Fetzen übrig. Ich drehte mich kurz um, um den Abstand zu Steven abzuschätzen und stolperte über einen Ast. Ich strauchelte, versuchte noch mich zu fangen, stürzte. Wie angewurzelt blieb Jake stehen. „Lauf", keuchte ich. Ich rappelte mich auf, knickte jedoch sofort wieder ein. Steven war beinahe direkt hinter mir. In Sekunden würde er bei mir angelangt sein, doch ich war nicht in der Lage, meinen Fuß zu belasten. Steven setzte zum Sprung an, um sich auf mich zu werfen und mich unter sich zu begraben. In diesem Moment sprang auf

meiner anderen Seite Mika hoch. Mit einem hässlichen Krachen
trafen die beiden in der Luft aufeinander und gingen zu Boden.
Einen Moment rangen sie mit bloßen Händen miteinander, dann
zog Steven, auf Mika sitzend, sein Messer. Verzweifelt wandte
ich meine letzten Kräfte auf und schleppte mich halb kriechend
zu den beiden. Meine Kraft war zwar lachhaft, aber aufgrund
des Überraschungseffektes schaffte ich es irgendwie, Steven das
Messer aus der Hand zu schlagen. Seine Ohrfeige schlug mein
Gesicht zur Seite und ich sackte auf Mikas Brust zusammen. Ich
spürte Mikas rasenden Herzschlag. Sein T-Shirt war klatschnass,
doch trotz der schrecklichen und aussichtslosen Situation fühlte
ich mich in diesem Moment wunderbar geborgen. Was immer er
vorher getan hatte und was immer jetzt geschehen würde, Mika
hatte sich auf meine Seite gestellt. Wir würden zusammen hier
durchkommen oder gemeinsam scheitern. In dem Moment, in
dem Steven sein Messer herabsausen ließ, erklang die Polizei-
sirene und ich verlor das Bewusstsein.

Lilja hatte den Standort an die Polizei weitergeleitet. Jetzt konnte
sie nur noch warten. Und hoffen.

12

Als ich meine Augen wieder öffnete, befand ich mich im Krankenhaus. Das Erste, was ich sah, war Mikas Gesicht. Er sah übel zugerichtet aus und sein Arm, in dem Stevens Messer gesteckt hatte, war dick verbunden, aber er lebte. Während er schlief, sah er niedlich aus. Und lieb. Mein gebrochenes Herz begann schmerzhaft zu pochen, als wolle es mich davon überzeugen, dass Mika noch immer der Richtige war. Ärgerlich wandte ich mich ab und begann meine eigenen Verletzungen zu untersuchen. Einer meiner Füße war dick einbandagiert und tat noch immer weh. Mein Gesicht war dick angeschwollen und meine Beine sahen schrecklich aus. Einige der Verletzungen würden wohl für immer als Narben bleiben. „Florina", hörte ich Mika da leise rufen und mein Herz stolperte kurz, bevor es viel zu schnell weiterklopfte. Ich sah ihn an. Einige Sekunden schauten wir uns nur in die Augen und schwiegen. Eine Schwester betrat den Raum, hielt sich aber dezent im Hintergrund. „Es tut mir so leid", sagte Mika schließlich, ohne mir dabei in die Augen sehen zu können. „Ich weiß", murmelte ich und drängte die aufsteigenden Tränen zurück. „Danke, dass du mich gerettet hast", gelang es mir schließlich zu sagen. „Ich liebe dich", sagte Mika und schaute mir dabei in die Augen. Mein Herz krampfte sich schmerzhaft zusammen. „Ich liebe dich auch, Mika", erwiderte ich. „Aber ich kann dich nie wiedersehen." Keinen Moment länger wollte ich seinen Anblick ertragen müssen. Ich gab der Schwester ein Zeichen, die sofort verstand und mich aus dem Zimmer schob. Als die Tür mit einem endgültigen Klicken hinter meinem Bett ins Schloss fiel, kamen die Tränen. Die seelischen Schmerzen über den Verlust meiner großen Liebe wurden so übermächtig, dass ich begann zu schreien, bis meine Stimme versagte.

Epilog

Es war alles wieder gut. Jake war noch klein, er erholte sich schnell. Lilja und ich waren uns näher als je zuvor, nachdem nun die Wahrheit ans Licht gekommen war. Meine Clique kümmerte sich rührend um mich. Mein Fuß war nach einigen Wochen wieder vollständig geheilt. Was blieb, waren zwei Narben am Bein und die schmerzhafte Leere, die mich seit jenem Tag fortwährend begleitete und mir immer wieder die Sinne raubte, mir Todesqualen bereitete, aber mir gleichzeitig auch bewusst machte, dass ich lebte. Dass ich liebte. Noch immer und für immer. Und um nichts in der Welt, und auch wenn unser Ende so dramatisch gewesen war, hätte ich diesen wunderbaren Sommer, den ich mit Mika gehabt hatte, missen wollen. Denn man soll niemals etwas bereuen, das einen einst zum Lächeln brachte.

Die Autorin

Anna Feldmann wurde 1998 in Marl geboren
und lebt mit ihrer Familie in Marl-Polsum. Sie hat
drei jüngere Geschwister, zur Familie gehören
außerdem zwei Islandpferde und ein Hund. Schon
früh interessierte sie sich für Bücher, bereits in der
2. Klasse las sie „Harry Potter" und fing an, selbst
kurze Geschichten zu schreiben. Zurzeit geht sie
auf das Gymnasium, das bereits die erfolgreiche
Kinderbuchautorin Cornelia Funke besuchte. Ein
Omen …?
In ihrer Freizeit trifft sich Anna mit Freunden, geht
reiten, spielt Tennis, fährt Ski und liest gerne.